乱歩にまつわる言葉を
イラストと豆知識で妖しく読み解く

江戸川乱歩語辞典

著 奈落一騎

監修 荒俣 宏

誠文堂新光社

乱歩のパノラマ・ワールドへようこそ！

　江戸川乱歩は、大正12(1923)年に日本初の本格探偵小説『二銭銅貨』を発表し、センセーショナルなデビューを飾りました。その後、名探偵・明智小五郎が活躍する数々の探偵小説をはじめ、『人間椅子』や『芋虫』、『押絵と旅する男』といった文学性の高い中短編小説、子供たちの心を魅了した「少年探偵団」シリーズなどを次々に発表。日本の探偵小説の始祖になるとともに、幅広い世代にわたる読者を獲得します。

　幼いころに、はじめて読んだ小説が乱歩の「少年探偵団」シリーズだったという人はのちの有名作家なども含めて大勢いますし、本を読む人で乱歩作品に一度も触れたことのないという人はほとんどいないでしょう。その人気は少しも衰えることなく、現在も複数の出版社から乱歩の作品は刊行され続け、また毎年のようにテレビ、映画等で乱歩原作の映像作品が作られ続けています。

　そういう意味では、乱歩は時代を越え、いまも昔も老若男女に愛されている本当の意味での国民的作家といえるかもしれません。しかも、乱歩作品は道徳や教訓などを教えるものでは決してなく、書かれている内容は猟奇犯罪に変態性欲、怪奇、幻想、恐怖、狂気……といった人間が本質的にもつ暗く危険な側面ばかりです。だからこそ、乱歩作品は甘美で蠱惑的だともいえますが、そういった「健全な社会」にとって不都合な真実が、ここまで広く受け入れられているのは、考えようによっては日本の

文化レベルの高さともいえるでしょう。

　この本は、そんな乱歩にまつわる「言葉」を集めた辞典です。乱歩作品の登場人物や舞台、名セリフ、小道具などはもとより、乱歩本人とその周辺にまつわる「言葉」も多数収録しました。これは、乱歩自身の半生と交友録が日本の探偵小説の誕生と発展の歴史そのものであること、また、人嫌いであると同時に社交的、なげやりなのに几帳面、恐縮しながら図々しい、驚くほど世間的な常識人でありながら反社会的なロマン主義者といった乱歩のもつ複雑な個性が、一編の長編探偵小説のように謎を秘めていて興味深いためです。

　さらに、本書では数多い映像化作品や、乱歩の影響を濃厚に受けた後世の文学や音楽、漫画、アニメーションなどに関するさまざまな「言葉」も解説しています。その広がりを見ていただければ、乱歩の影響力の大きさを実感していただけるでしょう。

　本書が、乱歩初心者の方にとっては、まだ読んだことのない乱歩作品を手に取るきっかけになれば、あるいは昔乱歩が好きだったという方には乱歩作品を再び本棚から手に取って読み返すきっかけになれば、とても嬉しく思います。そして、乱歩マニアの方には自分なりの乱歩観、探偵小説観と照らし合わせながら、侃々諤々と楽しんでいただければ、筆者としてこれに勝る喜びはありません。

　それでは、乱歩のパノラマ・ワールドにようこそ！

　　　　──二十一世紀の幻影城より

　　　　　奈落一騎

この本の読み方と楽しみ方

本書では、以下のような項目を50音順に掲示しています。

- ●江戸川乱歩の作品世界を感じられる、作中の人物・場所・セリフ・事物など
- ●江戸川乱歩の人物像に迫る、乱歩に関連する人物・事物や乱歩自身の述懐など

「あ」から読み始めるもよし、パラパラとめくって気になる項目を読むもよし、楽しみ方は自由です。

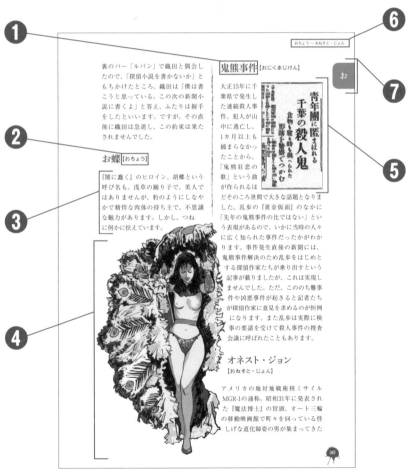

お蝶【おちょう】

『闇に蠢く』のヒロイン。胡蝶という呼び名も。浅草の踊り子で、美人ではありませんが、豹のようにしなやかで精悍な肉体の持ち主で、不思議な魅力があります。しかし、つねに何かに怯えています。

裏のバー「ルパン」で織田と偶会したので、「探偵小説を書かないか」ともちかけたところ、織田は「僕は書こうと思っている。この次の新聞小説に書くよ」と答え、ふたりは握手をしたといいます。ですが、その直後に織田は急逝し、この約束は果たされませんでした。

鬼熊事件【おにくまじけん】

大正15年に千葉県で発生した連続殺人事件。犯人が山中に逃亡し、1カ月以上も捕まらなかったことから、「鬼熊狂恋の歌」という曲が作られるほどそのころ世間で大きな話題となりました。乱歩の『黄金仮面』のなかに「先年の鬼熊事件の比ではない」という表現があるので、いかに当時の人々に広く知られた事件だったかがわかります。事件発生直後の新聞には、鬼熊事件解決のため乱歩をはじめとする探偵作家たちが乗り出すという記事が載りましたが、これは実現しませんでした。ただ、こののち難事件や凶悪事件が起きると記者たちが探偵作家に意見を求めるのが恒例になります。また乱歩は実際に検事の要請を受けて殺人事件の捜査会議に呼ばれたこともあります。

オネスト・ジョン【おねすと・じょん】

アメリカの地対地戦術核ミサイルMGR-1の通称。昭和31年に発表された『魔法博士』の冒頭、オート三輪の移動映画館で町々を回っている怪しげな道化師姿の男が集まってきた

❶見出し語
乱歩作品や乱歩自身にまつわる語を50音順に並べています。

❷見出し語の読み
見出し語の読み方を、すべてひらがな表記で示しています。

❸語釈
見出し語で示した事柄を解説する本文です。

❹イラスト
作中人物や作中の情景などをイメージしたイラストを多数、掲載しています。

❺写真・図版
見出し語やその語釈に関係したり、イメージを喚起させたりする写真や図版を掲載しています。

❻柱（ハシラ）
そのページの掲示されているはじめの見出し語と終わりの見出し語を示します。

❼ツメ
そのページの冒頭に掲示されている見出し語または本文の、冒頭の一文字を示します。

本書を読む際の注意点

- 本書の制作にあたっては「江戸川乱歩全集」全30巻（光文社）を底本とし、引用箇所などの表記も原則として底本に従いました。
- 本書で引用した江戸川乱歩の作品には、今日の観点から見れば考慮すべき表現・用語が含まれていることがあります。これらについては、過去数十年にわたる作品への評価や、執筆時の時代を反映した独自の世界を構築したものであることを鑑み、原文のままとしています。

江戸川乱歩語辞典 もくじ

か行

さ行

［とじ込み付録］
わたしの「乱歩作品ベスト3」

乱歩の生涯は、日本の探偵小説の誕生と発展の歴史そのものです。
たびたびのスランプや戦争などの苦難を乗り越え、乱歩はいまも
愛される多くの傑作を生み出しました。

文・奈落一騎　画・永井秀樹

江戸川乱歩(本名・平井太郎)は明治
27(1894)年、三重県名張町(現・名
張市)で、父・平井繁男、母・きくの長男
として生まれました。

三重県名張町

9歳のとき、菊池幽芳訳の新聞連載小
説『秘中の秘』を母親に読み聞かせて
もらい、探偵小説趣味に
目覚めます。また、名古
屋市立高等小学校に
入学した11歳のときに
は、友人と同人雑誌
を作っています。こ
のときすでに、探偵
小説と雑誌の編集
という乱歩の生涯
の方向性が決まっ
ていたのかもしれま
せん。

大正2(1913)年、早稲田大学政治経済学部
に入学。授業にはあまり出ず、もっぱら図書館
にこもっていました。そこで、ポー
やドイルといった海外の探
偵小説を知り、欧米の探
偵小説を読み漁ります。
自分でも『火縄銃』とい
う探偵小説の習作を
書いてみました。

LE SCARABÉE D'OR

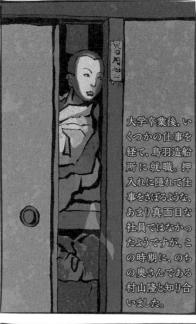

大学卒業後、いくつかの仕事を経て、鳥羽造船所に就職。押入れに隠れて仕事をさぼるような、あまり真面目な社員ではなかったようですが、この時期に、のちの奥さんである村山隆と知り合いました。

25歳のとき鳥羽造船所を退職。上京して弟たちと本郷区駒込団子坂で古本屋を開きますが、経営不振で、以後、雑誌編集者、屋台の支那ソバ屋、東京市役所公吏、ポマード製造業支配人、弁護士事務所の手伝い、新聞の広告部員、英文タイプライターの行商など、さまざまな職を転々とします。ちなみに、私立探偵になろうともしましたが、これは面接で落とされました。

大正11（1922）年、28歳のときにオリジナルの探偵小説『二銭銅貨』と『一枚の切符』を執筆。はじめ評論家の馬場孤蝶に送ってみましたが反応がなかったため、雑誌『新青年』の編集長だった森下雨村に送ります。

森下雨村

小酒井不木

これを読んだ森下はその斬新さと面白さに衝撃を受け、『新青年』への掲載を決定します。森下は乱歩の作品をはじめて読んだときの感激をのちに、「ドストエフスキーの処女作を読んで、深夜その居を叩いたベリンスキーの喜びそのまま」と記しています。

大正12(1923)年、『新青年』4月増大号に『二銭銅貨』が掲載され、乱歩は鮮烈な作家デビューを果たします。日本人の手による初の本格的な探偵小説は人々の注目を集め、次々と『新青年』誌上に短編小説を発表すると、乱歩の人気は瞬く間に高まっていきました。

大正14(1925)年には、名探偵・明智小五郎の初登場作品である『D坂の殺人事件』を発表。以降、明智を主人公とする探偵小説をいくつも発表します。また同時に、盟友である横溝正史らとともに「探偵趣味の会」を発足させるなど、日本の探偵小説界を盛り上げようと精力的に活動します。

大正15(1926)年に、明智物では初の長編となる『一寸法師』を朝日新聞で連載開始。この作品は周囲からの評判は良かったものの、乱歩自身は創作に行き詰まっていると感じ、筆を絶ってしまいました。そして、日本海沿岸などをあてどなく放浪します。これ以降、乱歩は何度も自作への嫌悪感から休筆を繰り返すようになります。

昭和3（1928）年、乱歩は14カ月の沈黙を経て、『新青年』に『陰獣』を発表。この作品は爆発的な人気を呼び、同誌は雑誌としては異例の増刷をします。

翌年には生活のために下宿屋を開業。その一方で、平凡社から刊行された単行本『江戸川乱歩集』は、当時としては破格の16万部以上を売り上げるなど、乱歩の人気は高まり続けていました。

昭和4（1929）年には、これまでと路線を変え、より大衆向けにした通俗探偵小説『蜘蛛男』を発表。これが大ヒットし、以後、『魔術師』、『吸血鬼』、『黄金仮面』、『黒蜥蜴』など同路線の長編を矢継ぎ早に発表します。これにより、乱歩の人気は探偵小説愛好家だけでなく、幅広い層にまで浸透しました。昭和6（1931）年には、乱歩初の『江戸川乱歩全集』全13巻が刊行され、総計約24万部の売り上げを記録します。

そして、昭和11（1936）年には、「少年探偵団」シリーズの第1作『怪人二十面相』を発表。
乱歩人気は子供たちにも広がっていきました。

ところが、戦争がはじまると乱歩の作品は時局に合わないという理由で批判されるようになり、昭和16（1941）年には、全作品が実質的に絶版になってしまいます。乱歩は作家活動を諦め、これまで見向きもしなかった町内会の活動などに邁進するようになりました。この経験が、戦前の「人嫌い」の乱歩を変え、戦後の「社交的」な乱歩に繋がっていったといわれています。

戦争が終わると、探偵小説も復興。乱歩は「少年探偵団」シリーズを除くと、あまり小説を書かなくなりますが、その代わりに探偵小説の評論を精力的に執筆しました。また昭和22（1947）年には探偵作家クラブを創設し、その初代会長になるなど、探偵小説界全体の発展に力を注ぐようになります。

昭和29（1954）年、60歳になった乱歩の還暦祝賀会の席上で、乱歩が寄付した私財100万円を基にした江戸川乱歩賞の創設が発表されました。以後、探偵小説作家の登竜門となったこの賞から、多くの人気作家が誕生します。

星 新一

筒井康隆

昭和32（1957）年には、戦後間もなく創刊されたときから全面協力していた探偵小説雑誌『宝石』が不振になったため、自ら編集長に就任。さらに、私財も投入し、経営の立て直しに奔走します。この雑誌からも、香山滋、山田風太郎、高木彬光、大藪春彦など多くの作家が乱歩の後押しを受けてデビュー。探偵小説作家だけでなく、筒井康隆、星新一なども乱歩が発掘した作家たちです。

こうして戦後の乱歩は、探偵小説界の隆盛と後進の育成に尽力し、昭和40（1965）年に脳出血で亡くなります。享年69歳。戒名は、生前自分でつけていた智勝院幻城乱歩居士。乱歩がいなければ、現在の日本の探偵小説は存在しなかったと言っても過言ではありません。まさに、乱歩は日本の探偵小説を生み、育てた巨人なのです。

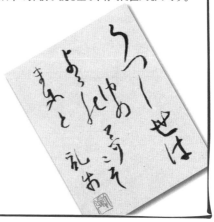

TOKYO RANPO MAP. 1 全図

　乱歩作品の多くは東京を舞台にしている。乱歩がデビューした大正12年に発生した関東大震災を契機に、東京の人口は急激に増加し、その範囲も拡大。結果、この都市は隣人の名前や出自、職業、家族構成などが一切わからなくても誰も疑問を抱かない大都会へと変貌した。そして、そんな魔都・東京だからこそ、猟奇の徒や犯罪者、怪人、私立探偵たちは自由に蠢くことができたのだ。この連続コラムでは「TOKYO RANPO MAP」と題し、乱歩作品における重要な東京のスポットを地図上で紹介する。エリアは、皇居を中心に、城東、城西、城北、城南と、東京の中枢ともいうべき千代田区の5つに区分した。ぜひ、あなた自身の足で乱歩作品の舞台を訪れてみて欲しい。

3 km

※国土地理院・地理院地図を使用しています。

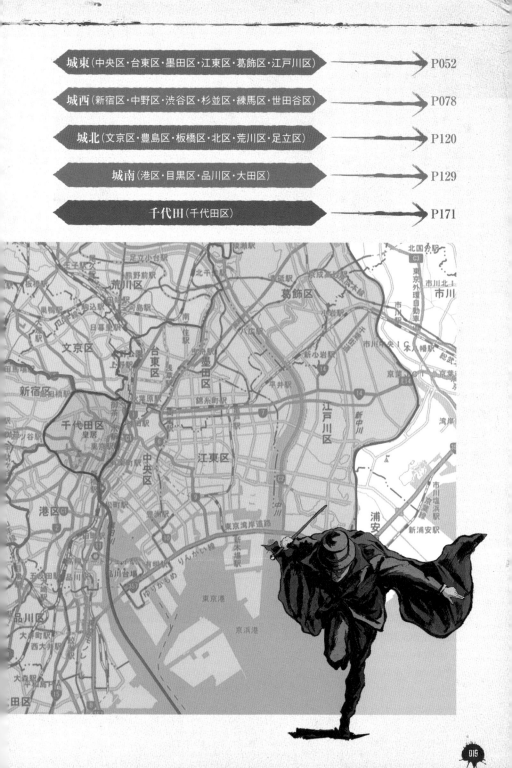

「アア、僕を救って下さい。僕は自制力を失い相（そう）です。若し自制力を失ったら、……」

【ああ、ぼくをすくってください。ぼくはじせいりょくをうしないそうです。もしじせいりょくをうしなったら、……】

『人間豹』の冒頭の場面で、人間豹こと恩田が、気に入ったカフェの女給を強引に他の客から奪い、自分の席に呼ぼうと懇願した際のセリフ。必死に自分を抑えようとしている感じと、一人称が「僕」で猫をかぶっている感じが、逆に恐ろしいです。なかなか女給が来てくれないと、恩田はいきなりテーブルを拳骨で血が出るまで何度も殴りつけますが、目当ての娘が来てくれた途端、「アア、君、君は弘ちゃんて云うの？」、「僕ね、恩田っていうんだ。君に贈り物がしたいのだがね、うけてくれるかい」と態度が豹変するところが、また恐ろしいです。

R星人【あーるせいじん】

『妖星人R』に登場した、R彗星からやってきたと自称する宇宙人。巨大な蟹の甲羅のような頭部と、蟹のハサミのような2本の腕、蟹の腹に似た胴体、鋭い爪のついた2本の足という姿をしています。別名・カニ怪人。もちろん、本物の宇宙人ではなく、正体はいつものものあの変装の名人。本作は蟹だらけで、蟹がウジャウジャ登場するため、蟹恐怖症だった三島由紀夫の感想を聞いてみたかったものです。

相川守【あいかわまもる】

『妖虫』の主人公。大実業家の息子で、法学部に通う大学生です。大の探偵小説好きで、妹からは「探偵さん」というあだ名で呼ばれています。いつか自分も探偵小説の登場人物のような活躍をしてみたいと熱望している、いわゆる猟奇の徒。

アウル団【あうるだん】

『蜘蛛男』に登場する不良少年グループ。蜘蛛男の配下である平田東一が以前団長を務めていました。軟派不良青年と呼ばれる美貌の青年が多数参加しており、蜘蛛男の意を汲んだ平田の命令によって都内各地から美少女49人を誘拐しました。アウルとはフクロウという意味です。

赤い蠍【あかいさそり】

『妖虫』に登場する凶悪殺人鬼。女優の春川月子を皮切りに、美女ばかりを狙って惨殺しました。犯行現場に血で描いた赤い蠍や赤蠍の死骸を残したことから、この名で呼ばれるようになり

ます。大きな青眼鏡をかけ、鳥打帽を
かぶった、濃い口髭の男として姿を現
すこともありますが、ときに人間ほど
の大きさの蠍の姿で現れもしました。
その正体と犯行動機は、かなり意外な
ものです。

「赤馬旅館」【あかうまりょかん】

昭和13年12月30日にJOAK（NHKラ
ジオ）で放送された探偵ラジオドラマ。
オリジナルのシャーロック・ホームズ
物で、ホームズ役を乱歩が務めまし
た。その他、原作・小栗虫太郎、演出・
久生十蘭、声の出演に海野十三、木々
高太郎、城昌幸、大下宇陀児、蘭郁二
郎と、戦前の探偵作家オールスター
キャストともいうべき豪華な布陣。一
度でいいから聴いてみたいものです。

赤ん坊をたべた
山猫の様に
【あかんぼうをたべたやまねこのように】

赤いインキで真っ赤になった唇の表現
ですが、なかなか面白い喩えです。『地
獄風景』より。

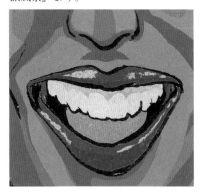

秋子さんと栄子とでは、人間としての等級が十段も二十段も違っているのだ
【あきこさんとえいことでは、にんげんとしてのとうきゅうがじゅうだんもにじゅうだんもちがっているのだ】

『幽霊塔』の主人公である北川光雄が、
どうしても好きになれない許嫁の三浦
栄子と、新たに出会った謎めいた美女
の野末秋子を比較した際の内心の言
葉。……正直すぎます。それにしても
「人間の等級」とは、なんとも苛烈な
言い方です。

悪魔の渦巻
【あくまのうずまき】

『大暗室』では、東京市内の各所で奇
怪な盗難と誘拐と殺人が繰り返され、
その現場には、壁の落書きや死体に刃
物で傷つけた跡など、さまざまな形で
渦巻き模様が残されました。東京市民
はこれを「悪魔の渦巻」と呼んで恐れ
ましたが、ついには両国の川開きの夜、
夜空に巨大な花火の渦巻きが浮かび上
がります。

『悪夢』【あくむ】

『芋虫』の雑誌掲載時のタイトル。乱歩は最初から『芋虫』と題するつもりでしたが、編集者から「なんだか虫の話みたいで魅力がない」という訳のわからない文句をつけられ、『悪夢』に変えられてしまいました。乱歩はそちらのほうが、よほど平凡で魅力がないと感じたものの受けいれてしまいます。乱歩いわく、こういうとき相手に強く主張できないのが自分の弱点とのこと。ともあれ、いまも昔も編集者がその場限りのわかりやすさを優先するのは変わりませんが、たいていは書き手の感覚のほうが正しいように思われます。

アケチ一号
【あけちいちごう】

『仮面の恐怖王』のラストで幕府の埋蔵金を掘り当てたことで、少年探偵団は500万円の謝礼をもらいました。それを資金にして、明智探偵事務所がはじめて購入した自家用車はアケチ一号と命名されます。『電人M』で初お披露目。腰掛の下に人間が隠れることができたり、携帯無線を搭載していたりと、さまざまな工夫がなされていますが、それまで数々の活躍をしてきた明智小五郎がじつは自家用車をもっていなかったのはある意味驚きです。また、このネーミングセンスはなんともいえないところ。

「明智君、問答無用だ。俺は負けたのだ。俺の犯罪力は君の探偵力に及ばなかったのだ」
【あけちくん、もんどうむようだ。おれはまけたのだ。おれのはんざいりょくはきみのたんていりょくにおよばなかったのだ】

『悪魔の紋章』で、事件の真相をすべて暴かれた犯人が明智小五郎に贈った言葉。「犯罪力」、「探偵力」という言い方が、なんとなくビジネス系自己啓発書にありがちな「〇〇力」みたいで笑えます。ぜひ日常生活で使ってみたいものです。

明智小五郎
【あけちこごろう】

『D坂の殺人事件』で初登場した名探偵。出身地、生年月日、経歴などは不明。縮れた髪の毛をモジャモジャに伸ばし、右の肩をグッと上げて、ちょっと気取ったような歩きかたをする癖があります。当初は煙草屋の2階に下宿しながら定職にも就かず、趣味で犯罪心理学を研究している高等遊民でしたが、『心理試験』、『黒手組』、『屋根裏の散歩者』などの事件を解決していくうちに民間探偵とし

て名を高めていきます。ただ、このころは「真実を知る」ことに重点を置き、犯人を捕まえることにはあまり関心をもちませんでした。『一寸法師』の事件のあと3年ほど日本を離れ外遊。帰国して最初に手がけた『蜘蛛男』の事件のときには立派な紳士になっており、警察にも協力的になっていました。以後、明智は『魔術師』、『吸血鬼』、『黒蜥蜴』、『人間豹』などで次々と大物犯罪者と対決。なかでも最大の事件は、世界的な怪盗と知恵を競った『黄金仮面』でした。またこの間に『魔術師』事件で知り合った文代さんと結婚しましたが、子供はいません。その後は助手の小林少年率いる少年探偵団の後見人として怪人二十面相と何度も対決。明智個人としてはあまり活動しなくなり、『化人幻戯』や『影男』などで、ときたま姿を見せるぐらいになります。その辺の事情について乱歩は、「明智の友人の記録係りが久しく怠けているので、彼の近年の探偵記録は殆ど発表されていませんが、明智自身は愈々健在で、種々の難事件を解決している由です」と語っています。もちろん、ここでいう記録係りとは乱歩自身のことです。

『明智小五郎探偵談』
【あけちこごろうたんていだん】

中編小説『何者』に登場する架空の書物。この作品が発表された昭和4年ごろには、明智小五郎はその活躍が出版されるほど、有名になっていたようです。

「明智さん。もうお別れです。……お別れに、たった一つのお願いを聞いて下さいません?……唇を、あなたの唇を。……」

【あけちさん。もうおわかれです。……おわかれに、たったひとつのおねがいをきいてくださいません?……くちびるを、あなたのくちびるを。……】

追い詰められて毒を飲んだ黒蜥蜴が、最期に明智小五郎に贈った愛の言葉。そして、明智が冷たくなりつつある黒蜥蜴の頬にそっと唇をつけると、彼女の顔には心からの微笑が浮かびます。一方、三島由紀夫の戯曲版『黒蜥蜴』で彼女が死ぬ間際のセリフは、「でも心の世界では、あなたが泥棒で、私が探偵だったわ。私はあなたの心を探したわ。探して探して探しぬいたわ。でも今やっとつかまえてみれば、冷たい石ころのようなものだとわかったの」というものでした。

明智の道楽【あけちのどうらく】

明智小五郎はヒマをもて余すと、普通の人には頭の痛くなるような高等数学の問題を解くことを道楽にしていました。

『浅草エノケン一座の嵐』
【あさくさえのけんいちざのあらし】

榎本健一

平成元年に第35回江戸川乱歩賞を受賞した長坂秀佳の探偵小説。昭和12年の浅草軽演劇界を舞台に、当時人気絶頂だったエノケン（榎本健一）が殺人の容疑者とされ、親友のロッパ、弟分のシミキンとともに事件の謎を解くという物語です。長坂は本来脚本家で、昭和50年に放送されたドラマ『少年探偵団 BD7』ではメインライターを務めていました。それが、時を経て乱歩賞を取ったというのは不思議な縁を感じます。

浅草公園【あさくさこうえん】

明治6年に開かれた、浅草寺の境内地を中心とした公園。現在の台東区浅草一、二丁目にあたります。公園は7つの区域に分けられており、そのうち六区は見世物小屋、劇場、映画館などが並ぶ興行地帯でした。昭和26年に公園は廃止されましたが、いまも六区の名は商業施設のロックスや、ロック座などに残されています。深夜の浅草徘徊を趣味としていた乱歩にとって馴染みのある土地で、『一寸法師』や『人間豹』など、さまざまな作品で重要な舞台となりました。

国立国会図書館ウェブサイトより

浅草十二階【あさくさじゅうにかい】

明治23年に浅草公園に建てられた高さ52メートル、12階建ての展望塔。正式名称は凌雲閣で、浅草十二階は通称です。また、たんに十二階とも呼ばれていました。当時の日本で、もっとも高い建築物で、日本初の電動式エレベーターも設置されていましたが、大正12年の関東大震災で半壊し、取り壊されました。『押絵と旅する男』の重要な

舞台となります。

浅草趣味【あさくさしゅみ】

乱歩が東京のなかでもっとも愛した街が浅草です。戦前の浅草は東京の庶民にとって最大の歓楽街で、乱歩はその猥雑さやいかがわしさ、哀切さを好みました。作家として名を馳せてからも浅草公園の五重の塔の裏あたりにみすぼらしい部屋を借りて、朝から晩まで公園をぶらついたり、夜中に公園のベンチにひとりで腰かけていて警察に勾

留されかけたり、さらには変装をしてぶらついたせいで不審者扱いされたこともあります。そんな浅草は乱歩作品のなかでも、印象的な舞台として何度も登場しました。『屋根裏の散歩者』のなかでこの街は、「おもちゃ箱をぶちまけて、その上から色々のあくどい絵具をたらしかけた様な」と表現されています。

「あなたお困りじゃないのですか。奇蹟が御入用じゃないんですか」
【あなたおこまりじゃないのですか。きせきがごいりようじゃないんですか】

この世のあらゆることが信じられなくなり、自暴自棄になった『猟奇の果』の主人公が、夜の浅草公園で出会った「奇蹟のブローカ」を名乗る美しい青

あ

年から囁かれた言葉。彼は1万円で、その奇蹟を売ると言います。本書が発表された昭和5年の1万円は、当時の大卒初任給の200倍ほど。なかなか蠱惑的なセリフです。

あの可憐で純潔な処女と、このみだりがましき年増女とを、心の天秤にかけるとは、お前は何という見下げ果てた堕落男なのだ

【あのかれんでじゅんけつなしょじょと、このみだりがましきとしまおんなとを、こころのてんびんにかけるとは、おまえはなんというみさげはてただらくおとこなのだ】

恋人がいながら、美しい未亡人の誘惑に負けそうになった探偵作家の大江蘭堂が、心のなかで自分を叱った言葉。ですが、自分が誘惑にふらふらしておいて、その相手を「みだりがましい年増女」と蔑んでみせることのほうが、見下げ果てた堕落男というほかありません。『恐怖王』より。

「あの泥坊が羨ましい」
【あのどろぼうがうらやましい】

乱歩のデビュー作『二銭銅貨』の冒頭の一文。この文章から乱歩の長い作家人生がはじまりました。ちなみに、そのあとは「二人のあいだにこんな言葉がかわされるほど、そのころは窮迫していた。場末の貧弱な下駄屋の二階の、ただひと間しかない六畳に、一閑張りの破れ机を二つならべて、松村武とこ

の私とが、変な空想ばかりたくましくして、ゴロゴロしていたころのお話である。」と続きます。

あの山、この谷、あの女、この女、ああつまらない。生きるに甲斐なき世界
【あのやま、このたに、あのおんな、このおんな、ああつまらない。いきるにかいなきせかい】

未発表作『薔薇夫人』のなかの一文。本作は昭和28年8月ごろに書きかけながら、破棄されたものと考えられていますが、還暦間近になっても乱歩が初期のニヒリズムを保っているのは、なんとなく嬉しい感じがします。また、文章のリズムも良く、声に出して読みたい日本語です。

天知茂【あまちしげる】

俳優。明智小五郎を演じた役者は数多くいるものの、多くの人が真っ先に思い浮かべるのは恐らく天知でしょう。天知は昭和43年の舞台版『黒蜥蜴』で美輪明宏の相手役として明智を演じていますが、なんといっても明智＝天知の印象を決定づけたのは、テレビ朝日系「土曜ワイド劇場」で昭和52年からはじまった「江戸川乱歩の美女シリーズ」です。このシリー

ズで天知は、放送開始から亡くなる昭和60年まで、全25作で明智を演じました。天知の風貌はとくに原作の明智に似ているというわけではありませんが、眉間に深い縦ジワを刻みながらの圧の強い眼力と、ニヒルで余裕のムフフ笑いを交互に駆使しながら犯罪者を追いつめていくさまは、どこか犯人のほうが被害者のように見えたものです。作中においてつねに圧倒的強者であるという点で、天知ほど的確に明智を演じた役者はいないでしょう。そして、クライマックスにおける明智が犯人の前で変装を解く場面の有無を言わせぬ高揚感。天知自身も明智役には入れこんでいたようで、ドラマ内で明智が着ていたダンディなスーツやジャケット、コートなどは、すべて天知の私物だったといいます。また、昭和57年の正月に放送されたシリーズ第17作「天国と地獄の美女」（原作『パノラマ島綺譚』）では、番組冒頭いきなり天知が出てきて「あけましておめでとうございます。明智小五郎です」という視聴者への新年の挨拶からはじまりました。もはや観ているほうも天知と明智を完全に混同しており、「明智です」と挨拶されても、まったく違和感はありませんでした。

アメリカ渡航【あめりかとこう】

大学卒業前後の時期、乱歩はアメリカに渡航する夢を抱いていました。皿洗いのボーイでもやりながら英語を勉強して英文で探偵小説を書き、アメリカやイギリスの雑誌に発表したいという

野心をもっていたのです。現実的にはほぼ不可能な妄想ですが、青年らしい大志ともいえます。もちろん、実現することはありませんでした。ただ、もし乱歩が本当にアメリカに行っていたら、その後の日本の探偵小説の歴史は大きく変わっていたでしょうし、乱歩の数々の傑作も書かれなかったかもしれません。青年乱歩の挫折は私たちにとっては良かったといえるでしょう。

当時のサンフランシスコ行客船の航路案内パンフレット

荒井注【あらいちゅう】

俳優、コメディアン。昭和52年にはじまったテレビ朝日系のドラマ「江戸川乱歩の美女シリーズ」で、第2作目か

らレギュラー出演者として波越警部を演じました。お茶の間に容赦なくエロとグロを叩きこんだ同シリーズにおいて、荒井演じる波越のトンチンカンな推理や明智や文代さんとの緩くユーモラスな掛け合いは一服の清涼剤として、親と観ていて気まずい思いをしていた子供たちの心を救ってくれたものです。

有明友之助と大曾根龍次
【ありあけとものすけとおおそねりゅうじ】

『大暗室』は、異父兄弟である有明友之助と大曾根龍次の命を懸けた対決の物語です。有明は東京大学史学科出身の秀才で、柔道二段、剣道初段、射撃協会の会員、さらにヨット操縦の名手としても知られています。正義を愛する性格で、天使のような青年です。一方、大曾根は赤岩曲馬団の出身で、空中曲技の名手、奇術師としても一流、自動車競走の記録保持者、さらに射撃の名人としても知られています。破壊を愛する性格で、悪魔のような青年です。どちらも整った容貌の持ち主ですが、有明にはどこか冒し難い気品が漂い、大曾根には何か冷ややかな嘲笑的なものが感じられます。

暗号分類【あんごうぶんるい】

エドガー・アラン・ポーの『黄金虫』が暗号の解読を中心とした物語であったこともあり、初期の探偵小説において暗号は重要な要素のひとつとなりました。乱歩もデビュー作『二銭銅貨』でオリジナルの暗号を披露しています。また乱歩は作家になる前の学生時代から独自の暗号分類法を試みていて、その成果を大正14年に随筆『暗号記法の分類』として発表。さらに、昭和28年に発表した『類別トリック集成』（『続・幻影城』収録）のなかに「暗号記法の種類」という項目をもうけ、より詳細な分類をしました。そこでは、「割符法」、「表形法」、「寓意法」、「置

換法」、「代用法」、「媒介法」の6つに大きく分類し、さらにそれぞれのなかでも細かく分類をしています。

「安楽椅子」【あんらくいす】

昭和29年にラジオ東京で放送されていた30分番組。この番組で乱歩はパーソナリティを務め、毎回ゲストとトークを繰り広げました。自分の好きな人を呼べたため、乱歩は後年「実に楽しかった」と語っています。あり得ない話ですが、「江戸川乱歩のオールナイトニッポン」なども聴いてみたかったものです。

言い訳【いいわけ】

小説を書かずに随筆ばかり書いているとの批判に対し、乱歩は「申訳ないと思うけれど、大げさにいえば、小説なんてほかの労働とちがって、人為的にはどうすることも出来ないものだから、書けなければ、文運つたなしと、ただもう恥入るほかに方法はない」と言い訳をしています。さらに続けて、「気質にもよるだろうし、体質にもよるだろうし、素養のないことにもよるだろうし、その上に飽きるということもあるだろうし、理由は様々だが書けないものは、どう弁解して見たところで書けないのだ」と開き直りました。ビックリするのは、これがまだデビュー3年目の文章ということ。さすがに、3年で飽きちゃいけません。ともあれ、乱歩は後年になればなるほど、随筆や評論にその活動の重心を移していきました。

五十嵐超高速機
【いがらしちょうこうそくき】

『偉大なる夢』に登場する架空の戦闘機。太平洋戦争の最中、天才的な工学博士・五十嵐東三が陸軍省の下で開発しました。エンジンで飛行する場合は翼を広げ、ロケットで推進する際は翼を縮めて砲弾のようになるという可変機で、東京－ニューヨーク間を5時間で飛行します。実際、日本軍は戦時中、秋水というロケット戦闘機を試作していました。

生きるとは妥協すること
【いきるとはだきょうすること】

自分では自信がないと思っている小説で原稿料をもらうことについての乱歩の言葉。乱歩は『探偵小説四十年』のなかで、「私有財産、自由経済の世の中ではお金がないということはドレイを意味する」、「大してお金がほしくもないけれども、やはり自由に旅が出来て、ホテルに泊まるぐらいの小遣いはほしいのである」、「小説を捨てて月給取りになって見ても、小遣いの余裕は勿論、時間の余裕さえなくなってしまう。といって、私には商売をやって金儲けするというような才能もなければ資金もない。そこで甚だ不純な考え方で気持ちがよくないけれども、自分で下手だと思っている小説で稼ぐのが、最も有効でもあり、楽な道だということになる」と記しています。そのうえで「結局、妥協したのである。もともと生きるとは妥協することである」と

記しました。こうして乱歩は昭和4年ごろから通俗長編探偵小説を次々と書くようになります。……あまりに身も蓋もない告白ですが、ある意味、ここまで正直に内心を吐露した作家は稀有といえるでしょう。

池上遼一【いけがみりょういち】

漫画家。代表作である『男組』や『クライングフリーマン』、『サンクチュアリ』といった男臭い作風からは意外ですが、平成8年に乱歩の『お勢登場』の漫画化を手がけています。池上の緻密な絵は、意外とあっていました。

池袋丸山町会第十六組
【いけぶくろまるやまちょうかいだいじゅうろっくみ】

戦争中、乱歩が入っていた隣組。隣組とは、町内の5〜10軒の世帯を一組とする戦時協力のための組織です。乱歩はこのほか町会や翼賛壮年団でも活動し、防空訓練の指揮から早朝の神社での必勝祈願、疎開家屋の取り壊しまで積極的に働きました。戦前の人嫌いで社会性が極度に低い乱歩からは、とうてい考えられない変貌ぶりです。ただ、町会の回覧板を作るさい、求められてもいないのに野菜の配給があれば大根やキャベツの絵を、酒の配給があれば酒瓶の絵を自筆で描き入れて少しでも楽しく読めるよう工夫してしまうのは、非常に乱歩らしいというほかありません。回覧板も、ほぼ雑誌編集の気分でやっています。

石川球太【いしかわきゅうた】

漫画家。代表作の『牙王』や『荒野の呼び声 吠えろバック』など動物漫画を得意としていましたが、昭和45年に『白昼夢』、『人間椅子』、『芋虫』、『お勢地獄』（原作『お勢登場』）など乱歩作品を連続で漫画化しています。

『石塊の秘密』【いしころのひみつ】

アマチュア時代の乱歩が出版を計画していた探偵小説雑誌『グロテスク』の初号予告に載せた自作小説のタイトル。予告だけで、この作品は存在しませんが、のちに作家になってから発表した『一枚の切符』と同じ内容ということです。

伊志田一郎
【いしだいちろう】

『暗黒星』で、明智小五郎に事件解決の依頼をした美青年。資産家・伊志田鉄造の息子です。彼の訪問を受けた明智は、「不思議な青年だ。胸の中に冷たい美しい焔が燃えている感じだ。その焔が瞳に写って、あんなに美しく輝いているのだ」という感想を抱きま

した。この時点で、直感ながら事件の真相をある程度探り当てていたことになります。

椅子の中の恋【いすのなかのこい】

醜い外見のため女性恐怖症になった男が、椅子の中に身を潜め、鞣皮越しの触覚と聴覚とわずかな嗅覚だけを通して異性に一方的な恋をすること。なかなか切ない言葉です。『人間椅子』より。

伊丹十三【いたみじゅうぞう】

俳優、エッセイスト、映画監督。昭和45年にテレビ東京系で放送されていた「江戸川乱歩シリーズ 明智小五郎」の第1話「殺しの招待状 蜘蛛男より」で、学者犯罪者の蜘蛛男を演じました。土曜の夜8時という完全にファミ

リー向けの放送時間帯ながら、銀座のど真ん中で美女を大量虐殺する場面は強烈。伊丹の風貌と演技は乱歩作品にあっていたと思いますが、出演は本作のみ。

一日三十枚【いちにちさんじゅうまい】

『鏡地獄』は原稿用紙30枚ほどの短編で、乱歩はこれを一晩で書き上げました。1日30枚は、遅筆だった乱歩の最高記録とのことです。乱歩自身は「一

日に三十枚というと、すぐ一ヵ月に九百枚と勘定したくなるが、飛んだことで、書くのは一日でも、そんな気持ちが一と月に一度来るやら、二た月に一度来るやら、全く運次第なんだから、はかないわけである」と自嘲していますが、はかない気持ちになるのは編集者のほうでしょう。

一寸法師【いっすんぼうし】

『一寸法師』に登場する犯罪者の通称。殺人、火つけ、泥棒、恐喝など、さまざまな悪事に手を染めています。死体の腕を呉服店の陳列場に飾ったり、被害者宅に送りつけたりもしました。子供のころに大怪我をしたせいで両脚が極端に短くなっており、成人したあとは10歳ぐらいの子供の体に、大人の顔がのっかった姿になっています。ですが、普段は義足をつけることで、身体的特徴を隠しています。

一寸法師の緑さん【いっすんぼうしのろくさん】

『踊る一寸法師』の主人公。11、2歳の子供の胴体に、三十男の顔をくっつけたような小人で、頭の鉢が福助のように開いています。サーカス団で働いていますが、仲間たちからは軽んじられ、いじめられています。ちなみに、お酒が苦手です。

伊東錬太郎【いとうれんたろう】

『ぺてん師と空気男』の登場人物。港区青山高樹町の小ぢんまりとした西洋館に、美しい妻と女中の3人で暮らしています。手の込んだ悪戯（プラティカル・ジョーク）を好み、とくに仕事もせず、悪戯の研究と実践の日々を過ごしています。メフィストのような笑みを浮かべながら、主人公の空気男を自分の趣味の世界に引きずり込みました。

稲垣吾郎【いながきごろう】

俳優、タレント、SMAPの元メンバー。平成10年と12年にテレビ朝日系の「土曜ワイド」の枠で2作放送された「名探偵明智小五郎」シリーズで、明智小五郎を演じました。1作目は「陰獣」、2作目は「エレベーター密室殺人」（原作『三角館の恐怖』）でしたが、どちらも原作には明智が登場していないのが面白いところ。明智物の原作は散々やり尽くされたゆえの選択でしょう。稲垣の明智は、1作目では秋吉久美子、2作目では麻生祐未と、年上の女性との恋愛要素が強調されていたのが特徴。ただ、平成16年からフジテレビ系で「稲垣吾郎の金田一耕助」シリーズがはじまったため、現在では金田一役者としてのイメージのほうが強いかもしれません。

稲垣足穂【いながきたるほ】

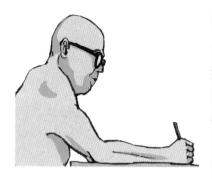

作家。大正末期から昭和50年代まで、飛行願望、メカニズム愛好、天体とオブジェ、少年愛などをテーマにした作品を発表し、三島由紀夫や澁澤龍彦をはじめとする少数ながら熱狂的な読者をもちました。代表作に、『一千一秒物語』、『少年愛の美学』、『Ａ感覚とＶ感覚』など。乱歩とは詩人の萩原朔太郎を通して昭和初期に知り合い、友人となります。ふたりはギリシャの美少年や明治期の月世界旅行映画、旅順海戦館のパノラマなどについて飽きることなく語り合ったそうです。

井上君とノロちゃん
【いのうえくんとのろちゃん】

井上君のフルネームは井上一郎で、少年探偵団のなかで一番体が大きくて力も強く、そのうえ父親からボクシングを習っています。ノロちゃんは野呂一平のあだ名で、探偵団のなかで一番の臆病者ですが愛敬者で、みんなに好かれています。対照的なふたりながら、とても仲が良く、「少年探偵団」シリーズではよくコンビで活躍しました。

井上良夫【いのうえよしお】

翻訳家、評論家。乱歩の鳥羽造船所時代の同僚の息子で、年齢は離れていましたが、ふたりは同じ探偵小説愛好家として交情を結びました。とくに昭和10年ごろから文通が頻繁になり、乱歩の側から出した手紙だけでも原稿用紙300枚以上になったといいます。その文通のなかでふたりは探偵小説についての論議を交わし、また海外探偵小説に詳しかった井上から乱歩はさまざまな教示を受けました。戦争末期に亡くなった井上について乱歩は「本格物の議論の相手といえばあとにも先にも井

上君ただ一人であった。論敵を失ったことを非常に寂しく思っている」と記しています。

今井きよ【いまいきよ】

『大金塊』に登場する女賊。幕末の豪商・宮瀬重右エ門の隠し財宝を奪い取ろうとしました。30歳ぐらいの美女で、彼女の素顔を盗み見た小林少年の感想は「明智先生の奥さんほどきれいな人は、ほかにないように思っていたのですが、いま目の前に眠っている女の人は、もっときれいなのです。すごいほど美しいのです」というもの。……文代さんに怒られますよ。ちなみに、「少年探偵団」シリーズで怪人二十面相以外の犯罪者が相手になることは珍しいですし、女性は彼女だけです。

「芋虫ゴーロゴロ、芋虫ゴーロゴロ」
【いもむしごーろごろ、いもむしごーろごろ】

盲獣がバラバラにした美女の死体の上で転がりながら口ずさんでいる不気味な歌。『盲獣』のなかでも、極度の残虐さと滑稽さが同居している印象的な場面です。ちなみに、「少年探偵団」シリーズの『奇面城の秘密』で、ポケット小僧と明智が二十（四十）面相の部下を芋虫のように縛り上げ、洞窟の中にごろごろと転がす場面の章タイトルが「いもむしごろごろ」なのは、『盲獣』を読んだことがあれば、なんともいえず脱力すること間違いなしです。

色川武大【いろかわたけひろ】

作家。昭和53年に『離婚』で直木賞を受賞。『怪しい来客簿』、『百』、『狂人日記』などの中間小説、純文学作品を発表する一方、阿佐田哲也の名義で「麻雀放浪記」シリーズをはじめとするギャンブル小説などの娯楽小説も多数執筆しました。一見、乱歩とは無縁の作家のようですが、じつは少年時代から乱歩作品に耽溺していたといいます。『乱歩中毒』という随筆も書いていて、「小説家というものに特別な関心を抱いた最初の経験が、江戸川乱歩だったと思う」、「江戸川乱歩という名前は、私にとって特別な存在になり、それからずっとこの作者の本を読み漁った」とのこと。また、「私の最初のアイドルでありながら、自分が小説を書く頃あいになって、どうして忘れ去ってしまっていたのだろうとも思う。私の素朴な直感は、案外に、文学の本質の一部に刺さりかけていたのかもしれないのに、なんだか大人の知恵が加わって、余計な遠回りをしているような気がしてきた」とも記しています。この随筆のなかで色川は強く印象に残っている乱歩作品として、『屋根

裏の散歩者』、『押絵と旅する男』、『赤い部屋』、『鏡地獄』、『人間椅子』、『芋虫』を挙げ、とくに『芋虫』を「凄い小説」と絶賛しました。

岩井三郎探偵事務所
【いわいさぶろうたんていじむしょ】

探偵小説にはまりすぎた乱歩は作家になる前、本物の探偵になりたくて実在する岩井三郎事務所の就職面接を受けたことがあります。当然ながら、たんなる熱狂的な探偵小説読者にすぎない乱歩は不採用になりましたが、もし採用されていたら、失踪人の調査や結婚調査、信用調査などを行う現実の探偵事務所の仕事は退屈すぎて乱歩を失望させたことでしょう。それにしても、自信たっぷりに小説で得た探偵知識を熱弁する乱歩には面接官もさぞや面食らったことと思われ、想像するだけでおかしくなります。

岩田準一【いわたじゅんいち】

画家、風俗研究家。三重県鳥羽町（現在の鳥羽市）出身で、乱歩が鳥羽造船所で働いていたころに知り合いました。その縁もあり、『パノラマ島綺譚』、

『踊る一寸法師』、『鏡地獄』の挿絵を描いています。また、『本朝男色考 男色文献書志』という研究書を発表するほど同性愛への造詣が深く、この方面では乱歩の師匠のひとりでした。美青年であったことから、『孤島の鬼』の主人公・蓑浦のモデルになったともいわれています。

岩田専太郎【いわたせんたろう】

画家。『吸血鬼』、『魔術師』の挿絵のほか、平凡社の「江戸川乱歩全集」の内容見本の表紙に黄金仮面なども描きました。作家の中井英夫は乱歩作品における岩田の挿絵の「恐怖にひきつれた男の顔」が幼心に強烈な印象を残したと記しています。

岩屋島【いわやじま】

和歌山県の南端のKという船着き場から、5里ほど西に寄った海岸の沖にある荒れ果てた小島。『孤島の鬼』の登場人物である諸戸道雄の故郷で、物語後半の舞台になりました。ちなみに、「少年探偵団」シリーズの『大金塊』

い

にも同名の島が登場しますが、こちら
は三重県の南の沖にあるとされていま
す。どちらも架空の島です。

『陰獣』の予告【いんじゅうのよこく】

14カ月もの休筆ののち、昭和3年に乱
歩は『陰獣』を書き上げます。この新
作が『新青年』増刊に掲載されること
が決まると、次のような熱っぽい予告
が誌面を飾りました。「懐しの乱歩！
懐しの『心理試験』！ 我々は再び昔
日の江戸川乱歩氏にまみえることが出
来るのです。増刊掲載する所の『陰
獣』一篇、百七十枚がそれであります。
『二銭銅貨』『心理試験』『恐ろしき錯
誤』時代の江戸川氏が、再び、そして
あの当時よりは、更に偉大なる姿を以
て我々の前に出現しました。あの細密
なる詮索、微妙なる推理、それらに柔
らかい名文の衣を着せた江戸川乱歩氏
が、かくも忽然として我々の前に現れ
たのです。（中略）ああ、探偵小説愛
好家の随喜渇仰すべき近来の一大快事
ではありませんか」。当時『新青年』
編集長だった横溝正史の手による名文
で、乱歩の新作が読めるという喜びが
痛いほど伝わってきます。また編集者
にここまで書いてもらえれば、作家冥
利に尽きるというものでしょう。

ウェストミンスタア
【うぇすとみんすたあ】

明智小五郎が愛飲する煙草といえば長
年フィガロでしたが、いつしかイギリ
スの煙草会社ウェストミンスタアの製
品に乗り換えたようです。明智は『人
間豹』のなかで、麻酔剤を仕込んでお
いた自分のウェストミンスタア社の煙
草を敵に勧めて、眠らせました。また
同社の煙草を、『孤島の鬼』に登場す
る諸戸道雄や、『緑衣の鬼』の主人公
である探偵作家の大江白虹なども愛飲
しています。

上野動物園【うえのどうぶつえん】

『目羅博士の不思議な犯罪』は、作中
人物である江戸川乱歩が上野動物園
で、青白い顔をしたルンペン風の青年
から異様な物語を聞かされるという形
ではじまります。上野動物園は、明治

15年に農商務省博物局付属の施設として上野公園内に開園した、日本でもっとも古い動物園です。

上野の帝室博物館
【うえののていしつはくぶつかん】

『陰獣』の冒頭で、主人公の「私」と小山田静子が出会った場所。明治5年に創設された日本最古の博物館で、現在の東京国立博物館です。昼間の人気のない薄暗い博物館で翳のある美しい人妻と出会うというのは、事件の予兆を感じさせて雰囲気満点です。

魚津の蜃気楼【うおづのしんきろう】

魚津に蜃気楼を見に行った「私」が、帰りの汽車で不思議な紳士の身の上話を聞くところから、『押絵と旅する男』ははじまります。蜃気楼とは、密度の違う空気のなかで光が屈折し、地上や水上の物体が浮いて見えたり、逆さまに見えたりする現象のこと。富山湾に面した富山県魚津市は、日本国内で一番蜃気楼が見られる場所として有名です。

宇宙神秘教【うちゅうしんぴきょう】

『ぺてん師と空気男』に登場する新興宗教。悪戯マニアの伊東錬太郎が戦後開いたもので、渋谷区に本部があります。その教義は、「宇宙は神秘なり、万物は神秘なり、人類は神秘なり、個々人も神秘なり、人々はこの意識せざる神秘力によって、難問を解決し、幸せをかちえ、万病を癒すことができる。人々は固有の神秘力をいかにして発現させるかを工夫しなければならない」というものでした。非常にインチキ臭いというか、人を食った教義ですが、いかにも実際の新興宗教でもありそうな感じです。

宇宙旅行協会
【うちゅうりょこうきょうかい】

戦後の乱歩は宇宙開拓に関心をもつようになり、民間の有志団体である宇宙旅行協会の会員にもなりました。「少年探偵団」シリーズでも昭和28年の『宇宙怪人』以降、SF的要素が強くなっていきます。ちなみに、宇宙旅行協会は昭和30年代前半に「火星の土地分譲」という企画を仕掛けて当時大き

な話題となりました。

うつし世はゆめ、よるの夢こそまこと

【うつしよはゆめ、よるのゆめこそまこと】

乱歩がサインを求められると必ず色紙に書いた対句。短く「昼は夢、夜ぞうつつ」と書くこともありました。「現実世界のあれこれよりも、夜の夢こそが私にとっては真実だ」というような意味です。この言葉には元ネタがあり、乱歩が敬愛したアメリカの幻想作家エドガー・アラン・ポーの「この世の現実は、私には幻——単なる幻としか感じられない。これに反して、夢の世界の怪しい想念は、私の生命の糧であるばかりか、今や私にとっての全実存そのものである」という言葉と、イギリスの幻想作家ウォルター・デ・ラ・メアの「わが望みはいわゆるリアリズムの世界から逸脱するにある。空想的経験こそは現実の経験に比して、さらに一層リアルである」という言葉を合わせて、短くしたものです。

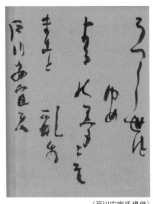

（戸川安宣氏提供）

宇野浩二【うのこうじ】

作家。大正8年に発表した『蔵の中』で文壇の注目を集めました。代表作に、『子を貸し屋』、『枯木のある風景』、『思ひ川』など。作家になる前の乱歩が谷崎潤一郎、佐藤春夫と並んで愛読していた数少ない日本人作家で、後年、乱歩はそれまでに出ていた宇野の小説集をすべて集めて合本にし、背表紙に「宇野浩二集」と金文字を箔押しした、お手製の愛蔵版を作るほど傾倒していました。横溝正史は乱歩のデビュー作『二銭銅貨』をはじめて読んだとき、宇野が匿名で書いたものだと思ったそうです。

厩橋【うまやばし】

隅田川に架かる橋で、西岸は台東区蔵前二丁目と駒形二丁目、東岸は墨田区本所一丁目になります。明治7年に架けられました。『幽鬼の塔』の物語は、素人探偵の河津三郎が夜更けに厩橋の鉄骨の上に身を横たえ、下を通る人々を眺めながら、何か犯罪めいたことが起きないかと期待しながら待ち受けるところからはじまります。

梅宮辰夫【うめみやたつお】

俳優。梅宮といえば、「不良番長」シリーズや『仁義なき戦い』をはじめとする実録ヤクザ路線の印象が強烈ですが、昭和34年に公開された映画「少年探偵団」シリーズの第9作「少年探偵団　敵は原子潜航艇」で明智小五郎を

演じました。もちろん、梅宮版明智に
眉毛はあります。

海野十三【うんのじゅうざ】

探偵小説作家。電気工学の専門家で
あったため作品では科学知識に基づ
いたトリックが多く、空想科学小説
なども数多く手がけたことから日本
SFの始祖とも呼ばれています。昭和
3年、雑誌『新青年』に『電気風呂の
怪死事件』を発表して本格的に文壇デ
ビュー。その直後から乱歩は海野とよ
く遊ぶようになり、深夜にふたりきり
で銀座から浅草まであてどない散歩
をしたこともあったそうです。海野
の代表作
のひとつ
『深夜の市
長』には、
このとき
の体験が
反映され
ているの
かもしれ
ません。

H・P・ラブクラフト
【えいち・ぴー・らぶくらふと】

アメリカの怪奇幻想作家。1910年代か
ら30年代にかけて活動しましたが、生
前はほぼ無名の作家でした。しかし、
彼が創造した異形の神々の恐怖譚であ
る「クトゥルフ神話」は、のちに国内
外の多くの作家によって書き継がれ、
現在も高い人気を誇っています。乱歩
は戦後間もない昭和23～24年に執筆し
た『怪談入門』(『幻影城』収録)のな
かで、この作家と作品について詳しく
解説。日本におけるラブクラフトの紹
介は、乱歩がもっとも早いほうだと思
われます。

A・L【えー・える】

黄金仮面が犯行現場に残す署名。あま
りにも、わかりやすすぎます。

AB線【えーびーせん】

『兜器』に登場する図形問題。Oは円
の中心、OAはこの円の半径、OA上
のB点から垂直線を下して円周に交
わった点がCです。また、Oから垂直

え

線を下してOBCDという直角四辺形を作ります。この図形のなかで長さが分かっているのはABが3インチ、BDの斜線が7インチということだけです。円の直径は何インチでしょう？ ……ニセの手がかりや、目の前に見えているのに盲点になっている真実など、探偵小説の本質をもっとも単純化したような、よい問題ですが、アメリカの探偵作家で奇術師でもあったクレイトン・ロースンの『帽子から飛び出した死』からの借用です。

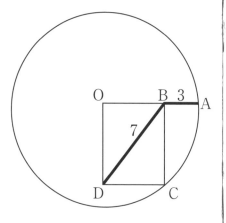

江川蘭子【えがわらんこ】

乱歩が発端部を書き、そのあとを横溝正史、甲賀三郎、大下宇陀児、夢野久作、森下雨村が書き継いだリレー小説『江川蘭子』のヒロイン。昭和5年に本作が発表されてしばらくすると、浅草に同名の踊り子が現れました。彼女はのちに詩人で作詞家のサトウ・ハチロー夫人となります。江川蘭子という名前は、すぐわかるように江戸川乱歩をもじったものですが、乱歩はこの名

前が気に入っていたようで『人間豹』にも登場させました。また、『盲獣』にも似た名前の水木蘭子という女性が登場します。自身の名前を女性に与える深層心理を分析してみると、興味深くも少々怖い答えが出てきそうです。

エジプトの星
【えじぷとのほし】

女賊・黒蜥蜴が狙った宝石。南アフリカ産で、ブリリアント型にカットされた30カラットを超えるダイヤモンドです。かつてはエジプト王族の宝庫に納まっていましたが、その後ヨーロッパに渡り、転々としたのち大阪の宝石商・岩瀬商会が買い取りました。

SF【えすえふ】

昭和28年、乱歩の家を面識のないひとりの青年が訪ねてきました。その青年が言うには、アメリカのSF同好クラブから招かれて渡米するので、日本のSF事情を向こうで紹介したいから話を聞かせてくれとのこと。この時点ではあまりSFの知識がなく、ジュール・ベルヌやH・G・ウェルズなどの古典SFしか知らなかった乱歩は、「日本ではどうもS・Fは振るわないようですね」と答えるほかありませんでした。しかし、その直後ぐらいから乱歩のもとにも海外SFの情報が入ってくるようになり、また渡米した青年からの報告の手紙でアメリカのSF事情を知った乱歩は、急速にSFに関心をもちはじめ「科学小説は益々盛んになりそうである」と記すほどまでになります。……この乱歩を訪ねた青年こそが、のちにSF作家、翻訳家として日本におけるSFの普及に多大な貢献をした矢野徹です。乱歩と矢野の邂逅は、探偵小説界と黎明期の日本SF界が交わった、奇跡的な文学史の1ページといえるでしょう。

エドガー・アラン・ポー
【えどがー・あらん・ぽー】

19世紀アメリカの小説家で詩人。1841年に発表された『モルグ街の殺人』は世界最初の探偵小説といわれています。ポーは、ほかには『マリー・ロジェの謎』、『盗まれた手紙』、『黄金虫』、『お前が犯人だ』しか探偵小説を書きませんでしたが、このジャンルの創始者とされています。乱歩は21歳、大学2年生のときにはじめてポー、およびコナン・ドイルの作品を読んだことで本格探偵小説のおもしろさを知り、みずからも探偵小説作家を目指すようになりました。いうまでもありませんが、江戸川乱歩というペンネームは、このエドガー・アラン・ポーをもじったものです。

江戸川藍峯【えどがわらんぽう】

作家デビューする前に乱歩が考えていたペンネーム。もちろん、エドガー・アラン・ポーをもじったものですが、藍峯という字面が漢詩人のようで古めかしいという理由で、あまり満足していなかったようです。乱歩が発刊計画を立てていた探偵小説誌『グロテスク』の予告に載せた『石塊の秘密』は藍峯の名で書く予定だったものの、同誌の刊行が頓挫したため、結局このペンネームは一度も陽の目を見ませんでした。大正11年に『二銭銅貨』と『一枚の切符』を書き、評論家の馬場孤蝶に原稿を送るさいに乱歩というペンネームに決めたといいます。

江戸川乱歩記念館
【えどがわらんぽきねんかん】

乱歩が作家になる前に過ごしていた三重県鳥羽市にある記念館。正確には、乱歩の友人で、乱歩作品の挿絵も描いた鳥羽出身の画家・岩田準一の邸宅を文学館にした鳥羽みなとまち文学館の敷地内にあります。乱歩の愛用品や挿絵の原画などを展示。

江戸川乱歩賞
【えどがわらんぽしょう】

（斉藤詠一氏提供）

昭和29年に開かれた乱歩還暦祝賀会の席上、乱歩が日本探偵作家クラブに寄付した私費100万円を基金として探偵小説を奨励するための文学賞である江戸川乱歩賞が創設されることが発表されました。翌年の第1回では、評論家・中島河太郎の『探偵小説辞典』が受賞。第2回は「ハヤカワ・ポケット・ミステリの出版」で早川書房が受賞しましたが、以後は新人の登竜門に性格を変えて、仁木悦子や笹沢左保、陳舜臣、戸川昌子、西村京太郎、森村誠一、栗本薫、東野圭吾など綺羅星のごとく

人気作家を輩出し、現在にいたるまで探偵小説界隆盛に一役買っています。第1回から第48回までは本賞としてブロンズ製のシャーロック・ホームズ像が受賞者に贈られていましたが、平成15年の第49回からは江戸川乱歩像が贈られるようになりました。

「江戸川乱歩全集 恐怖奇形人間」
【えどがわらんぽぜんしゅう きょうふきけいにんげん】

昭和44年公開の乱歩原作映画。監督・石井輝男。タイトルに江戸川乱歩全集とあるように、『パノラマ島綺譚』と『孤島の鬼』をベースに、『屋根裏の散歩者』、『人間椅子』、『白髪鬼』などの要素が自由にちりばめられた作品です。あらすじは、次のようなもの。記憶喪失により精神病院に監禁されていた医大生の広介は、曲馬団の美少女・初代が歌う子守唄から記憶を取り戻しそうになりますが、目の前で彼女が殺されたうえ、犯人にされてしまいます。子守唄の謎を解くべく北陸へと向かった広介は、列車の中で自身と瓜二つの菰田源三郎の死亡記事を目にしました。そこで、広介は源三郎が生き返ったように見せかけて彼に成りすましますが……。本作は公開当時酷評されたものの、名画座の大井武蔵野館で繰り返し上映されたことや前衛舞踏家の土方巽の出演もあって次第にカルト人気が高まり、現在は乱歩映像化作品の代表的なひとつとされています。監督の石井は平成13年にも乱歩原作の「盲獣vs

一寸法師」を製作しており、これが遺作となりました。

「江戸川乱歩はむやみに明智探偵の手柄話を書きましたが、半分は作り話だそうです」
【えどがわらんぽはむやみにあけちたんていのてがらばなしをかきましたが、はんぶんはつくりばなしだそうです】

と、乱歩は『化人幻戯』のなかで書いています。本作では、乱歩の作った「トリック集成」について登場人物同士が議論を交わしたり、乱歩当人が登場人物のひとりに電話をかける場面があるなど、かなりメタフィクション的です。

江の島の水族館
【えのしまのすいぞくかん】

蜘蛛男は第二の殺人の犠牲者を、江の島の水族館の水槽に陳列し、世間をあっと言わせました。ただ現在、神奈川県藤沢市片瀬海岸にある新江ノ島水族館の前身である江の島水族館が開館したのは昭和27年と、『蜘蛛男』が発表された20年以上もあとのことです。さらに作中の江の島の水族館は、橋を渡った江の島側にあるとされていますので、完全に架空の水族館と思われます。

エピディアスコープ
【えぴてぃあすこーぶ】

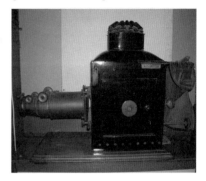

不透明な物体を光源で照らし、その反射光によって像を拡大してスクリーンや壁などに投影する機械。『猟奇の果』に登場しました。エピスコープ、実物幻灯機、反射式幻灯機などとも呼ばれます。

M県S郡T市
【えむけんえすぐんてぃーし】

『パノラマ島綺譚』の舞台となった土

地。三重県志摩郡津市のことと考えられています。乱歩は作家になる前、近隣の鳥羽造船所で働いていました。パノラマ王国が築かれる沖の島は架空の島ですが、I湾＝伊勢湾に浮かぶ、直径2里（約8キロメートル）ほどの小島ということになっています。

M・C・C【えむ・しー・しー】

ギリシャのカラサナシス社の煙草。『人間豹』のなかで明智小五郎は、「僕の内ポケットには、どんな時でも必ず、二本のウェストミンスターかM・C・Cが、強い麻酔剤を仕込んだ巻煙草が、ちゃんと入っているのですよ」と語っています。戦前の物理学者で随筆家でもあった寺田寅彦のエッセイ『喫煙四十年』のなかにも、この煙草のことが出てきます。

エロ・グロ【えろ・ぐろ】

乱歩作品は多くの読者を獲得したいっぽう、猟奇的な内容のため、とくに戦前は良識ある世間から「エロ・グロ」と強い非難も浴びました。これに対して乱歩は、エロティシズムとグロテスクは、それぞれ古い歴史をもつ品格ある言葉で、自分の作品は正しくはセンジュアリティとグルーサムと呼ばれるようなものだと、乱歩らしい諧謔交じりの不思議な反論をしています。たしかに、エロティシズムはギリシャ神話の愛の神エロスを語源とした人間の性衝動を美的にとらえた哲学用語であり、プラトン哲学でも主要なテーマになっています。グロテスクは本来、古代ローマ美術における人物や動植物などに曲線模様をあしらった様式を指す美術用語です。いっぽう、センジュアリティは「淫らで好色」、グルーサムは「陰惨、身の毛がよだつ」といった意味になります。もっとも、乱歩は「エロティシズムにせよグロテスクにせよ、あるいはグルーサムにせよセンジュアリティにせよ、文芸的に必然的に生まれ来たるものについては、強いてこれを避けるべきではない」ともいっています。

遠藤粒子【えんどうりゅうし】

『電人M』に登場する、化学者の遠藤博士が発明した粒子。別名を仮死粒子といい、鉄でも鉛でもあらゆる障害物を突き抜けて、この粒子を浴びた者を120時間のあいだ仮死状態にしてしまいます。

鉛筆の神様【えんぴつのかみさま】

『蟲』のなかに、主人公が少年時代、初恋の相手が使い古した短い鉛筆を盗

みだし、まるで神様のように拝んでいたという逸話が出てきます。乱歩も小学生のころ、憧れていた女生徒の下駄箱の中の下駄の鼻緒にそっと小さな白紙を挟み、彼女に気づかれないようにそれを回収すると、家に持ち帰って神棚に祀ったことがあると『恋と神様』という随筆に記しています。

各地に神出鬼没に現れ、国内随一の大真珠や、紫式部日記絵巻、法隆寺の玉虫厨子などの国宝を狙います。その正体は、いまさらもったいぶってぼかす必要もないでしょうが、世界的に有名なフランスのあの人物です。

黄金の仮面【おうごんのかめん】

『黄金仮面』で怪盗が黄金の仮面をかぶっているというアイデアは、19世紀フランスの作家マルセル・シュオップ（シュウォッブ）の短編『黄金仮面の王』から着想を得たものです。

大江春泥【おおえしゅんてい】

『陰獣』に登場する謎めいた探偵作家。本名は平田一郎。人嫌いで、ほとんど編集者にも会わず、寡作ですが、猟奇的な作風で読者に人気があります。代表作は、『屋根裏の遊戯』、『一枚の切手』、『B坂の殺人』、『パノラマ国』など。

黄金仮面【おうごんかめん】

『黄金仮面』に登場した怪盗。三日月型の不気味な笑いを浮かべた黄金の仮面をつねにかぶっていることから、こう呼ばれました。日本

大河原由美子【おおがわらゆみこ】

『化人幻戯』に登場する、元侯爵で大実業

家でもある大河原義明の若き妻。27歳で、夫とは倍以上歳が離れています。戦争のために没落した元大名華族の出身で、眉の濃い、どこか美少年めいた端整な顔立ちをしています。一見、ほがらかで社交的ですが、次々と男を誘惑する淫蕩さの持ち主でもあります。また、夫と同じくレンズ嗜好症です。

大曾根さち子【おおそねさちこ】

『影男』に登場する貧しい花売りの少女。幼いときに実母と死に別れ、その後は、アル中の父親と肺病の継母と掘立小屋で暮らしています。同情されると「あたし、可哀そうな子じゃないわ。楽しいことだってあるわ」と反発するのも涙を誘いますが、その「楽しいこと」というのが「鳩のように羽根が生えて、空を飛べたらどんなにいいでしょう。（中略）かあちゃんも空までは追っかけられないし、とうちゃんも来られないわ。お金儲けもしなくていいわ。青い青い空を、歌を歌って飛んでいればいいんだわ」と空想することだけなのが余計に哀れです。

大友克洋【おおともかつひろ】

漫画家。『童夢』や『AKIRA』といったSF作品で世界中に影響を与えた大友ですが、デビューから間もない昭和51年には乱歩の『鏡地獄』の漫画化も手がけています。作家の橋本治はエッセイのなかで大友の同作について、「とにかくこれをいきなり見たときのショックというのは忘れることが出来ない〈中略〉大友克洋描く『鏡地獄』の主人公の顔というのはかなりに不気味なもんだった」と記しています。

大鳥時計店【おおとりとけいてん】

京橋区（現在の中央区）の一角に高い時計塔をもつ、東京でも一、二を争う老舗の時計店。『少年探偵団』で怪人二十面相は、この店が家宝として大切にしている純金製の浅草観音の五重塔の模型を狙いました。

大鳥不二子【おおとりふじこ】

黄金仮面と恋に落ちた大富豪の娘。22歳。たぐいまれなる美貌の持ち主で、女学校を卒業したあと外交官の伯父の

監督のもと2年ほどヨーロッパに留学していたという経歴もあって、社交界の花形と謳われています。ちなみに、『ルパン三世』に登場する峰不二子の名前の元ネタといわれることもありますが、作者のモンキー・パンチによれば、峰不二子は富士山と自分の吸っていた煙草の「峰」を合わせた名前だそうです。

大藪春彦【おおやぶはるひこ】

作家。日本にまだ馴染みの薄かったハードボイルドを定着させたひとりです。代表作は、『野獣死すべし』、『蘇える金狼』、『汚れた英雄』など。昭和33年に在学していた早稲田大学の同人誌『青炎』に処女作『野獣死すべし』を発表。これを、ワセダミステリクラブを通して紹介された乱歩が読み、「そのスピレイン風の大胆な作風に感心した」ため、乱歩の主宰する雑誌『宝石』に転載が決まりました。すると反響は大きく、大藪はすぐに流行作家となります。乱歩は個人的にはハードボイルドを肌に合わないと好みませんでしたが、それでも探偵小説界全体の盛り上がりを考え、新人の大藪を発掘、応援した姿勢は、極めてフェアで立派というほかありません。

小栗虫太郎【おぐりむしたろう】

探偵小説作家。昭和8年に『完全犯罪』でデビュー。代表作『黒死館殺人事件』は、夢野久作の『ドグラ・マグラ』、中井英夫の『虚無への供物』とともに日本探偵小説史上の「三大奇書」とも呼ばれています。乱歩は小栗について「この作者は、現実的なもの、具象的なもの、日常的なものから、極度に敏感に身を避けようとしているかに見える。少し突飛な比喩を用いるならば、彼は次元の異なる世界を三次元の言葉によって、非ユークリッドの世界をユークリッドの言葉によって紙の上に描き出そうとする烈しい情熱にとりつかれているのだ」と記しています。また終戦後、焼け野原のなかに辛うじて残った乱歩の家で、

ふたりは本格探偵小説について長く語り合ったそうです。しかし、その直後に小栗は脳溢血のため急逝しました。

押絵破棄事件
【おしえはきじけん】

昭和2年、当時『新青年』編集長だった横溝正史と名古屋のホテルに泊まっていた乱歩は、横溝から新作を求められ、ひとつ書いたものがあると答えてしまいます。しかし、その出来に満足していなかった乱歩は横溝が寝てしまうと、夜中にこっそり原稿を便所に捨ててしまい、翌朝そのことを白状しました。このとき捨てられた原稿は、『押絵と旅する男』の草稿とされています。……ただ、本当に原稿があったのか、実際それを捨てたのかなどについては乱歩の告白があるだけなので、真偽のほどは不明です。また事実であったとしても、なぜ翌朝、あれほど乱歩の原稿を熱望していた横溝に向かって、原稿は捨てたなどとわざわざサディスティックな告白をしたのかも謎。さらに、横溝側の証言では、乱歩が夜更けに突然便所に立ち、帰ってきたと思ったら、じつは新作があったがいま捨ててきたと言い出したとのこと。話の順番がかなり違います。謎が謎を呼ぶ、探偵小説界黎明期の事件です。

おせい【おせい】

『お勢登場』のヒロイン。肺病病みの夫を放っておいて、なかば公然と不倫をし、挙句の果てに事故に見せかけて夫を殺してしまう悪女です。しかし、夫が死の間際に真犯人として彼女の名前を書き残していても、「まぁ、それ程私のことを心配していて下すったのでしょうか」と泣いて見せる、ふてぶてしい生命力は一種魅力となっています。乱歩も、彼女がこのあと様々な悪事を働いていく一代記を書くつもりだったようですが、残念ながら短編一作のみの登場で終わりました。

織田作之助
【おださくのすけ】

作家。戦後、太宰治、坂口安吾、石川淳らとともに無頼派と呼ばれ、文壇の注目を集めました。代表作は『夫婦善哉』、『競馬』、『世相』など。愛称はオダサク。乱歩は昭和21年に銀座

裏のバー「ルパン」で織田と偶会したので、「探偵小説を書かないか」ともちかけたところ、織田は「僕は書こうと思っている。この次の新聞小説に書くよ」と答え、ふたりは握手をしたといいます。ですが、その直後に織田は急逝し、この約束は果たされませんでした。

お蝶【おちょう】

『闇に蠢く』のヒロイン。胡蝶という呼び名も。浅草の踊り子で、美人ではありませんが、豹のようにしなやかで精悍な肉体の持ち主で、不思議な魅力があります。しかし、つねに何かに怯えています。

鬼熊事件【おにくまじけん】

大正15年に千葉県で発生した連続殺人事件。犯人が山中に逃亡し、1カ月以上も捕まらなかったことから、「鬼熊狂恋の歌」という曲が作られるほどそのころ世間で大きな話題となりました。乱歩の『黄金仮面』のなかに「先年の鬼熊事件の比ではない」という表現があるので、いかに当時の人々に広く知られた事件だったかがわかります。事件発生直後の新聞には、鬼熊事件解決のため乱歩をはじめとする探偵作家たちが乗り出すという記事が載りましたが、これは実現しませんでした。ただ、こののち難事件や凶悪事件が起きると記者たちが探偵作家に意見を求めるのが恒例になります。また乱歩は実際に検事の要請を受けて殺人事件の捜査会議に呼ばれたこともあります。

オネスト・ジョン
【おねすと・じょん】

アメリカの地対地戦術核ミサイルMGR-1の通称。昭和31年に発表された『魔法博士』の冒頭、オート三輪の移動映画館で町々を回っている怪しげな道化師姿の男が集まってきた

お

子供たちに、この名前のチョコレート菓子を10円で売っていました。同作が発表される前年にMGR-1は在日米軍にも配備されたため、オネスト・ジョンの名前はそのころ日本で一種の流行語となっていました。作中では、中は甘いせんべいのようなもので、外側にチョコレートが塗ってあると説明されていますが、実際に当時こういう名前の駄菓子があったかは不明。

「お前には、この世に絶望した人間の気持が分るかね」
【おまえには、このよにぜつぼうしたにんげんのきもちがわかるかね】

道化師（ピエロ）の扮装をしていることから地獄の道化師と呼ばれた殺人鬼が、狙いをつけた若い女性の前に白昼堂々と現れて告げた言葉。物語の最後に、犯人が何に「絶望」していたかが明らかになると、わりと陰惨な気持ちになります。しかし、愛は平等ではないので、致し方ないでしょう。『地獄の道化師』より。

小山田静子
【おやまだしずこ】

『陰獣』のヒロイン。実業家・小山田六郎の若く美しい夫人で、探偵小説の愛好家。過去の過ちをネタに探偵作家・大江春泥に脅迫されています。また、マゾヒストという隠された一面も。

「俺自身でさえ、本当の自分がどんな顔なのか、忘れてしまったほどだからねえ」
【おれじしんでさえ、ほんとうのじぶんがどんなかおなのか、わすれてしまったほどだからねえ】

『少年探偵団』での怪人二十面相のセリフ。変装の名人で、誰も彼の素顔を知らないというのは二十面相の自慢ですが、変装ばかりしすぎたせいで自分の本当の顔まで忘れてしまうというのは、考えようによってはなかなか悲しい話です。また、誰も素顔を知らないということは、誰からも本人だと認めてもらえないということであり、恐ろしいことでもあります。

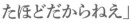

「俺は今非常に愉快なんだ。益々この世が面白くなって来た位のものだ」

【おれはいまじょうにゆかいなんだ。ますますこのよがおもしろくなってきたくらいのものだ】

明智小五郎に追い詰められても、まだまだやる気十分の蜘蛛男のセリフ。学者犯罪者ともいうべき蜘蛛男にとって、互角に知恵の戦いができる明智は待ち望んでいた好敵手だったのでしょう。『蜘蛛男』より。

「俺は普通の恋人の様にお前の心なんか欲しくはない。身体が欲しいのだ。命がほしいのだ」

【おれはふつうのこいびとのようにおまえのこころなんかほしくはない。からだがほしいのだ。いのちがほしいのだ】

連続殺人鬼の蜘蛛男が、さらってきた女性に向かって言ったセリフ。普通、異性に対して「心より体が欲しい」と言えば性的な意味になるでしょうが、この場合、文字通り物質的な肉体が欲しい、つまり殺したいということです。『蜘蛛男』より。

恩田【おんだ】

『人間豹』に登場した、欲望の赴くままに行動し、次々と美女をさらって惨殺した怪人。東京郊外の武蔵野の森のなかの古風な木造の西洋館で、父親とふたりで暮らしています。闇のなかで燐光を放つ両目、表面にびっしりと針が生えたような舌、敏捷な身のこなしなど、猫科の肉食獣を思わせることから人間豹と呼ばれました。素手で野犬を引き裂く怪力の持ち主ですが、明智小五郎の裏をかいて文代夫人をさらうほどの知力の持ち主でもあります。最後には明智に追い詰められ、アドバルーンに掴まって大空に逃げましたが、その生死は不明なまま物語は終わります。

　戦前の東京において、浅草、上野、銀座を擁する城東エリアこそが、庶民の集う繁華街の中心であった。とくに乱歩がこよなく愛した浅草は、『押絵と旅する男』をはじめ、多くの作品に登場する。ちなみに、日本初の地下鉄（現在の東京メトロ銀座線）は昭和2年に浅草―上野間に開設され、昭和9年に銀座へと伸びている。

谷中七丁目（下谷区天王子町）
『妖虫』
女優・春川月子が惨殺される。

上野公園
『黄金仮面』
黄金仮面が産業博覧会会場から大真珠を奪い去る。

上野・帝室博物館
『陰獣』
「私」が小山田静子と出会う。

上野動物園
『目羅博士の不思議な犯罪』
江戸川乱歩がルンペン風の青年から話しかけられる。

浅草（浅草寺裏）
『押絵と旅する男』
日本橋の呉服商の息子が行方不明になる。

浅草公園
『猟奇の果』
青木愛之助が奇蹟を売りつけられる。

銀座
『緑衣の鬼』
M百貨店のサーチライトが巨人の影を映し出す。
────
『青銅の魔人』
白宝堂から大量の懐中時計が青銅の魔人に奪われる。
────
『十字路』
南重吉が洋菓子店の3階に探偵事務所を構える。

月島
『黒蜥蜴』
廃工場の地下に女賊・黒蜥蜴のアジトがある。

※国土地理院・地理院地図を使用しています。

なんと浅草の観音様じゃございませんか。兄は仲店から、お堂の前を素通りして、お堂裏の見世物小屋の間を、人波をかき分ける様にしてさっき申上げた十二階の前まで来ますと……

——『押絵と旅する男』より

向島二・三丁目
『蟲』
柾木愛造が愛する人の死体の保存に失敗する。

隅田川吾妻橋下
『陰獣』
実業家・小山田六郎の死体が発見される。

両国国技館
『吸血鬼』
文代夫人が唇のない怪人と対決する。

厩橋
『幽鬼の塔』
素人探偵・河津三郎が橋の鉄骨の上で猟奇事件を待ち受ける。

東京湾お台場付近
『青銅の魔人』
二十面相のボートが炎上する。

か

カーテンの隙間
【かーてんのすきま】

乱歩作品で、カーテンの隙間から銃口だけが覗いて「動くな」と脅かされた場合、たいていカーテンの向こう側に人はおらず、拳銃が紐などでぶらさげられているだけです。その隙に犯人は逃げ出したり、目当てのものを手に入れるなどの目的を達します。

怪人二十面相
【かいじんにじゅうめんそう】

「少年探偵団」シリーズの大半に登場し、明智小五郎や少年探偵団とたびたび対決した怪盗。変装の名人で、どんな人間にも化けることができます。さらに、人間のみならず、巨大なカブトムシや宇宙人、黄金の虎、ロボットなどにも変装し、世間を騒がせました。美しく珍しい高価な宝石や美術品ばかりを狙い、犯行前に何日の何時に頂戴に参上するという予告状を出すのが特徴。また、血を見るのが嫌いで、人を傷つけたり殺したりする残酷なふるまいは、一度もしたことがないのが自慢です。とはいえ、『妖人ゴング』や『魔法人形』では小林少年を殺しかけているので、本当に非暴力の信条をもっているかはなんともいえません。シリーズ中、二十面相は21回逮捕されましたが、その都度脱獄し、少年探偵団の前に姿を現しました。ただ、『鉄塔の怪人』のラストは、衆人環視の前で高い鉄塔から飛び降りて死んだと思われる描写で終わっています。そのため、二十面相は複数いるという説もあります。『サーカスの怪人』では、サーカスの曲芸師だったという過去と遠藤平吉という本名も明かされましたが、こちらも真偽のほどは不明。遠藤平吉という名は、二十面相の本名にしては平凡すぎる気もします。ちなみに、二十面相というと黒マントにタキシード、黒いマスクというイメージが流布していますが、原作でこのような姿になったことは一度もありません。

『怪人二十面相・伝』
【かいじんにじゅうめんそうでん】

劇作家の北村想が昭和63年に発表した小説。乱歩の「少年探偵団」シリーズが抱えるいくつもの矛盾から、じつは二十面相はふたりいたのではないかという着想をもとに書かれています。本作は平成20年に「K-20 怪人二十面相・伝」として映画化もされました。こちらで明智小五郎を演じたのは仲村トオルです。

怪談【かいだん】

終戦直後のこと。国電の田端駅から線路沿いの土手の細道を上っていくと、女の人が線路を見下ろすようにして佇んでいた。その女の人の横を通り過ぎて、ふと水を浴びたような心持ちがして振り返ってみると、浅草の国際劇場の屋上にあった廻転サーチライトの細長い光の帯が目に入った。そして、光の帯がこちらに廻ってきたとき、光が女性の体で遮られることなく、黒いシルエットを透かすようにして動いていくのが見えた。……乱歩が実際に体験し、親しい人に語ったという怪談です。

怪盗ジバコ【かいとうじばこ】

北杜夫のユーモア小説「怪盗ジバコ」シリーズの主人公。神出鬼没の大泥棒で、変装の名人ですが、「1万ドルを盗むのに10万ドルをかける」こともある変人です。シリーズ中の一編『女王のおしゃぶり』で明智小五郎と対決しました。

『怪盗二十面相』
【かいとうにじゅうめんそう】

「少年探偵団」シリーズの第1作『怪人二十面相』の連載が雑誌『少年倶楽部』ではじまったさい、乱歩が最初つけようとしていたタイトル。怪盗アルセーヌ・ルパンをイメージしていました。しかし、少年誌の連載で「盗」の字は教育上良くないというよくわからない横槍が入り、「怪人」となってしまいました。ただ、いまとなっては、あの変装の名人が「怪盗」二十面相だと違和感があるのもたしかです。

学問と芸術の混血児
【がくもんとげいじゅつのこんけつじ】

乱歩はいくつか探偵小説の定義を試みています。そのなかでも、もっとも端的に探偵小説を言い表した言葉。論理的に謎を解いていく学問の側面と、芸術としての文学の側面をもつ、極めて特殊な小説形式という意味です。学問と芸術は基本的に相反するものですので、ここに探偵小説の難しさと独特の魅力があります。別の定義としては、

「探偵小説とは難解な秘密が多かれ少なかれ論理的に徐々に解かれていく経路の面白さを主眼とする文学」というのもありますが、こちらは当たり前すぎてあまり面白みはありません。

隠れ蓑願望【かくれみのがんぼう】

隠れ蓑とは、昔話などに出てくる着ると姿を消すことのできる蓑のことです。たいていは鬼や天狗の持ち物とされています。乱歩は、この隠れ蓑を着て安全地帯から一方的に他人を眺めたいという欲望が強く、みずからそれを「隠れ蓑願望」と名づけました。屋根裏からこっそり他人の私生活を覗き見る『屋根裏の散歩者』や、椅子の中に隠れて密かな恋情を燃やす『人間椅子』などは、その願望がストレートに出ている作品です。それ以外でも、変装や整形手術、一人二役、望遠鏡での盗み見などもすべて「隠れ蓑願望」の表れといっていいでしょう。そういう意味では、この要素のない乱歩作品を探すほうが難しいほどです。

影男【かげおとこ】

「人間の裏側」の探求を生き甲斐にしている『影男』の主人公。住所不定、年齢不詳。後ろ暗いところのある金持ちの秘密を探り出して恐喝するのがおもな生業ですが、ときには貧しい少女をその境遇から救い出すこともあるなど、にわかには善悪見定めがたい人物です。速水荘吉、綿貫清二、鮎沢賢一郎、殿村啓介、宮野緑郎などさまざま

な名前を使い分けており、そのうちのひとつの佐川春泥の名では犯罪小説を書いています。また、数多くの恋人がいますが、それぞれの恋人たちは自分だけが彼の唯一の愛人だと信じていました。さらに、恋人のなかには美少年もいるとのことです。作中で、別の悪人が彼について「まず、天才でしょうね」と評しています。

「影男は融通無碍、窮するということを知らない人間だからな」
【かげおとこはゆうずうむげ、きゅうするということをしらないにんげんだからな】

ついさっきまで命の取り合いをしていた殺人請負会社の須原正から、強敵の明智小五郎が現れたので力を貸して欲しいと頼まれたさいの影男の頼もしすぎる返答。昨日の敵は今日の友、敵の敵は味方ということですが、さすが影男、頼りになります。須原も「こうなれば、君の智恵にすがるばかりだ」と全面降伏です。『影男』より。

火事は一つの悪に違いない。だが、火事は美しいね
【かじはひとつのあくにちがいない。だが、かじはうつくしいね】

『防空壕』のなかの一文。あまり大っぴらには言えませんが、これは一面の真実でしょう。

活動弁士【かつどうべんし】

無声映画を上映中に映画の進行にあわせて内容を解説する職業。乱歩は失業していた時期に、この活動弁士になろうと志したことがあります。弟子入り寸前まで行きましたが、2～3年の修業期間中は無給と聞いてあきらめました。

家庭団らん【かていだんらん】

晩年の乱歩は妻と息子夫婦、孫ふたりに囲まれ、傍目には家庭団らんを楽しんでいるように見えました。しかし、乱歩自身はこの状況に対して「必ずしもそうではない。私は青年時代から、家庭団らんというものをあまり好まなかった。自分だけは人種が違うのだという妙な感情があって、いわゆる団らんのふんい気をけん悪さえした。それには分析してみると何かあるのだと思うが、「スズメ百まで」でその性質が今でも残っている」と記しています。

門野【かどの】

『人でなしの恋』で、物語の語り手の女性が嫁いだ相手。病身で、透き通るような肌をした絶世の美男子ですが、人形しか愛せないという性癖を抱えています。そのため、新婚の妻に隠れて、毎夜毎夜、土蔵の中で美しい人形と睦みあっていました。そちらのほうが、彼にとっては本当の夫婦生活だったのです。

神奈川県O町の大仏
【かながわけんおーちょうのだいぶつ】

黄金仮面が日本で盗んだ財宝を隠していた秘密の隠れ家は、この大仏の中にありました。神奈川県のO町とは大船のことと思われます。大仏といえば鎌倉ですが、大船には高さ約25メートルの巨大な観音像があり、これがモデルになっていることは間違いありません。昭和4年に着工された大船観音は、昭和5年の『黄金仮面』発表時にはまだ完成していなかったものの、乱歩は早速作品に取り入れたのでしょう。結局、観音像が完成したのは戦争を挟んだ昭和35年でしたが、その5年前に発表されていた『灰色の巨人』のなかでも怪人二十（四十）面相のアジトになっています。

カニバリズム 【かにばりずむ】

人間が人間の肉を食べる行動のこと。人肉嗜食ともいいます。『闇に蠢く』や『白髪鬼』、『盲獣』など、乱歩作品の多くにこのテーマが見られます。

鐘が鳴るのを待て。緑が動くのを待て。そして、先ず昇らなければならぬ。次に降らなければならぬ
【かねがなるのをまて。みどりがうごくのをまて。そして、まずのぼらなければならぬ。つぎにくだらなければならぬ】

幕末の九州の大富豪・渡海屋市郎兵衛が幽霊塔に隠した莫大な財産の在り処を示す暗号。19世紀初頭に印刷された英文の聖書のなかに隠されていました。『幽霊塔』より。

カフェ・アフロディテ
【かふぇ・あふろでいて】

『人間豹』で、人間豹こと恩田がはじめて姿を現したカフェ。京橋に近い、とある裏通りにあります。

鏑木創【かぶらぎはじめ】

作曲家。昭和52年から放送がはじまったテレビ朝日系のドラマ「江戸川乱歩の美女シリーズ」で音楽を担当。サスペンス感を煽るテーマ曲は、とくに名曲として名高く、鏑木の代表作のひとつです。いまだに天知茂の顔を見た瞬間、この曲が頭に流れます。また鏑木はそのほかにも、昭和33年に放送されたテレビドラマ「怪人二十面相」の主題歌や、昭和44年公開の映画「江戸川乱歩全集 恐怖奇形人間」、昭和55年公開の映画「江戸川乱歩の陰獣」の音楽も手がけました。もはや、乱歩映像化作品の音楽＝鏑木といっても過言ではありません。

鎌倉ハム大安売り
【かまくらはむおおやすうり】

『盲獣』のなかの後半にある章。乱歩は昭和6年に原稿を書いたきり、本作を一度も読み返していなかったそうですが、30年ぶりにこの部分を読み返したところ、あまりの残虐性と変態性に「作者自身が吐き気を催すほど」だったため、全集に入れるさいに削ってしまいました。……わりと愉快な場面だと思うのですが。ただ、その後刊行された『盲獣』の単行本には、この章が入っているものと、入っていないものがあります。

神と仏がおうたなら
巽の鬼をうちやぶり
弥陀の利益をさぐるべし
六道の辻に迷うなよ
【かみとほとけがおうたなら　たつみのおにをうちやぶり　みだのりやくをさぐるべし　ろくどうのつじにまようなよ】

『孤島の鬼』に出てくる、海賊が岩屋島に隠した財宝の在り処を示す暗号。「神と仏が逢う」、「巽の鬼を打ち破る」というところが謎を解く鍵です。

か

神なき人【かみなきひと】

乱歩は探偵小説に登場するニヒリスト犯罪者たちを、第二次世界大戦の前と後で傾向が違うと分析しました。戦前の彼らは神も道徳も軽蔑しているが、まったく「神を知らない人」ではなく、神への抵抗としてのニヒリズムだったと乱歩はいいます。いっぽう、戦後のニヒリスト犯罪者たちは最初から「神を知らない人」で、神への「抵抗」ではなく「無知」ゆえのニヒリズムだとします。そのうえで乱歩は前者をドストエフスキーの『罪と罰』の主人公ラスコーリニコフの系譜にあるもの、後者をカミュの『異邦人』の主人公ムルソーの系譜にあるものとしました。ようするに、道徳に反発するか不感症かの違いです。

「カリガリ博士」のワンシーン

上村一夫【かみむらかずお】

漫画家、イラストレーター。代表作に『修羅雪姫』、『同棲時代』、『悪魔のようなあいつ』など。竹久夢二風の女性像と独特のタッチから、「昭和の絵師」と呼ばれました。昭和48年に乱歩の『パノラマ島綺譚』を漫画化しています。

「カリガリ博士」【かりがりはかせ】

1920年にドイツで製作された映画。狂った医者カリガリ博士と夢遊病患者チェザーレが引き起こす連続殺人が描かれています。ドイツ表現主義の映画を代表する作品で、その高い芸術性は後世の映画に多大な影響をおよぼしました。大学卒業後に本作を観た乱歩は深く心酔し、のちに「兎も角あれには一寸まいった。私にとっては劃期的なものであった」と語っています。

河津三郎【かわづさぶろう】

『幽鬼の塔』に登場する素人探偵。28歳。数年前に死んだ両親が残してくれた財産で自由気ままに暮らしながら、社会の裏側に隠れている犯罪的なものを掘り出すことを無上の楽しみにしています。当人曰く、「俺は探偵になるか、でな

ければ大泥棒になる外に能のない人間だ」とのことです。

「考え事は僕の恋人なんだからね。今すばらしい恋人を発見したという訳なんだよ」

【かんがえごとはぼくのこいびとなんだからね。いますばらしいこいびとをはっけんしたというわけなんだよ】

非常に明智小五郎らしいセリフですが、同時に、文代夫人との結婚生活がうまくいかなかったのもうなずけます。『暗黒星』より。

神田伯龍【かんだはくりゅう】

乱歩が明智小五郎のモデルにした講釈師。明治35年に3代目・神田伯山に入

門し、明治45年に5代目・神田伯龍を襲名しました。明智が初登場した『D坂の殺人事件』のなかでは、「講釈師の神田伯龍を思出させる様な歩き方なのだ。伯龍といえば、明智は顔つきから声音まで、彼にそっくりだ」と書かれています。乱歩は大阪の寄席で伯龍を聴いてひどく感心し、小説の主人公のモデルに使ってみようと思いつきました。乱歩いわく、「顔や姿も気に入った。好もしい意味の畸形な感じを多分に持っていた」とのことです。

黄色い悪魔【きいろいあくま】

黄金仮面が明智小五郎を罵って言った言葉。「黄色」とは、西洋人から見たときの日本人の肌の色を指しています。ちなみに、漫画『タイガーマスク』(梶原一騎・原作、辻なおき・画)のなかで、アメリカで反則の限りを尽くしていた日本人悪役プロレスラーのタイガーマスクも、こう呼ばれて恐れられていました。また同作には、ゴールデンマスクという黄金仮面そっくりの覆面レスラーも登場します。乱歩の『黄金仮面』に、かなり直接的な影響を受けていることは確かです。

昭和14年1月1日の大阪毎日新聞の広告。「戦捷歓喜の新春を寿ぐ 吉本興業 初笑ひ御案内」の文字が見える。

畸形な肉独楽【きけいなにくごま】

戦場で砲弾を受けて両手両足を失い、さらに視覚と触覚以外の五感も失った夫を、妻が心のなかで形容している言葉。黄色い肉の塊とも呼んでいます。『芋虫』より。

北見小五郎【きたみこごろう】

『パノラマ島綺譚』で、最後に唐突に登場してきて事件の真相を暴き、主人公の最期を見届けることになる自称文学者。名字は違いますが、実質、明智小五郎です。

『奇譚』【きたん】

大正4年、大学生時代の乱歩がひとりで作った手製の探偵小説評論集。文章はもとより、「小型の洋罫紙にペンで清書し、章をわけ、カットの絵まで描いて、自分で製本し、表紙の図案も自分で描いた」といいますから、まさに手作りです。のちに古本屋を経営していたとき、10円の値段をつけて棚に飾っておきましたが誰も買手がなかったとのこと。それでも乱歩はこの自製本に愛着があったようで、生涯大切に保管していました。評論家の中島河太郎は、生前の乱歩にこの本を何度も見せられたそうです。

きのう夕日のさしたおなじ窓から、きょうは朝日がさしている
【きのうゆうひのさしたおなじまどから、きょうはあさひがさしている】

魔法博士に監禁された小林少年が体験した不思議な現象。同じ窓から夕日がさしたり、朝日がさしたりするはずがありません。シンプルながら非常に印象的な不可能状況ですが、このトリックはエラリー・クイーンの中編『神の灯』からの流用です。『虎の牙』より。

木下芙蓉【きのしたふよう】

『蟲』に登場する若き美人女優。その気もないのに、病的な内気者である柾木愛造の気を惹くようなまねをしたことから、悲惨な目にあいます。

「君は悪魔だ。……悪魔だ」
【きみはあくまだ。……あくまだ】

宿願だった復讐を、明智小五郎のせいで果たせなかった魔術師が、死の間際に明智に向けて投げつけた悲鳴のような言葉。「アア、ひどい。あんまりひどい。俺はこれ程の報いを受けなければならないのだろうか」とも。確かに、明智が犯罪者を追い詰めるさまは、どこか猫が鼠を嬲るような残酷さがあります。しかし、明智はつねに圧倒的な知的強者であるため、致し方ないといえるでしょう。『魔術師』より。

「君は恋というもののねうちを御存じですか」
【きみはこいというもののねうちをごぞんじですか】

乱歩作品にしては珍しい、異性との恋愛をストレートに称揚したセリフ。『湖畔亭事件』より。ただ、乱歩自身は、随筆のなかで自分のことを「恋愛不能者」と評しています。

奇妙な味【きみょうなあじ】

数多くの英米探偵小説を読み漁った乱歩が、それらの傑作の多くに共通していると感じた雰囲気のこと。乱歩自身、「どうもこの奇妙な味を形容するのは難しいが」といっていますが、簡単にいえば、子供の無邪気さと残酷さの組み合わせや、軽いユーモアと悪とが同居したような手触りのことです。具体例としては、チェスタートンの諸作や、ダンセイニの『二瓶の調味料』、

ロバート・バーの『健忘症聯盟』など
が挙げられています。乱歩の作品のい
くつかにもこの味は見られますが、同
世代の日本の作家では夢野久作にもっ
ともあったように思われます。

奇面城【きめんじょう】

甲武信岳山腹から望む富士山

『奇面城の秘密』に登場する怪人四十
（二十）面相のアジト。埼玉県と長野
県の県境にある甲武信岳の山中にあり
ました。出入り口に巨大な人間の顔の
奇岩があることから、この名前がつけ
られたようです。また、番犬代わり
に生きた虎が飼われています。四十
（二十）面相は、ここに盗んできた大
量の美術品を飾っていました。

「キャタピラー」【きゃたぴらー】

平成22年に公開された若松孝二監督の
映画。本作に主演した寺島しのぶは、
第60回ベルリン国際映画祭最優秀女優
賞を受賞しました。物語は、戦争で四
肢を失った軍人とその妻の愛憎を描い
たもので、どっからどう見ても乱歩の
『芋虫』ですが、乱歩原作とは明記さ
れていません。そもそもは、プロデュー

サーの奥山和由と女優の杉本彩、監督
の若松の3者で『芋虫』を映画化しよ
うという話があったものの、方向性の
違いから頓挫。ところが、その後、若
松がひとりで勝手に撮りはじめたのが
本作だといいます。そのような経緯が
あったため、権利関係でもめるのを避
け、乱歩原作としなかったのでしょ
う。……でも、『芋虫』です。ともあ
れ、芋虫をキャタピラーと言い換える
センスは秀逸。

キャメロット【きゃめろっと】

昭和59年から翌年にかけて関西テレビ
で制作されたドラマ「怪人二十面相と
少年探偵団」の主題歌を歌っていた、
4人組男性アイドル・グループ。曲の
タイトル自体は「少年探偵団」とオー
ソドックスでしたが、〈恋を逃がした
ショックさ/20面相ジェラシ～♪〉と
いう、あまりに乱歩の世界観からかけ
離れた歌詞が、逆に強烈に印象に残っ
ています。ちなみに、「ベラぼれおま
えにKNOCK OUT」のB面。

球体の鏡【きゅうたいのかがみ】

直径3尺（約91～114センチ）、厚さ3分
（約9ミリ）の中空のガラス玉の外側に
水銀を塗って内部を一面の鏡とし、内
部に数個の小電燈を配し、玉の1カ所
に人の出入り口をつけたもの。このよ
うな鏡の中に入った時、どんな光景が
見えるかはわかりませんが、『鏡地獄』
のレンズマニアの主人公は発狂しまし
た。

恐怖王【きょうふおう】

大富豪・布引庄兵衛の病死した娘の遺体を盗み、探偵作家・大江蘭堂の恋人を殺して、これまた遺体を奪った犯罪者。『恐怖王』に登場します。一応、被害者の遺体と引き換えに金銭を要求しましたが、正直、その目的は最後までよくわかりませんでした。

『虚無への供物』
【きょむへのくもつ】

中井英夫の長編探偵小説。昭和37年に塔晶夫の名義で、物語の前半部分しか書き終えていないにもかかわらず、そのまま第8回江戸川乱歩賞に応募。結果、戸川昌子の『大いなる幻影』と佐賀潜の『華やかな死体』が受賞作となり、『虚無への供物』は次席に終わりました。ただ、選考委員のひとりだった乱歩は、作中で登場人物たちが乱歩の「類別トリック集成」を紐解きながら推理合戦をするといった探偵小説のパロディ的要素を気に入り、受賞作に推していたといいます。乱歩いわく、「この作品は小栗（虫太郎）には乏しかった洒落と冗談に充ちていて、例えば、作中に私の『続

幻影城』や大下委員の『蛭川博士』が引用され、また木々高太郎、荒正人の名が出てくるなど、長沼委員を除く全選考委員の名が織り込まれているのは、この作が冗談小説たるゆえんであろう」とのこと。ですが、その遊戯的な要素がすべてひっくり返る後半部分を中井が書き終えたときには乱歩の病が重くなっていたため、とうとう全編を読むことはありませんでした。……19世紀にエドガー・アラン・ポーが創始し、日本では乱歩が牽引した、ロマン主義文学の鬼子としての探偵小説は、この『虚無への供物』でひとまず幕を下ろしたように思います。

ギリギリ、ギリギリ
【ぎりぎり、ぎりぎり】

『青銅の魔人』に登場する金属製の怪物・青銅の魔人の体内からつねに発せられている音。怪物が現れるときは、この不気味な歯車の音がどこからともなく聞こえてきます。また、怪物が笑うと、キ、キ、キ、キと金属をすりあわせるような音がしました。

金田一耕助VS明智小五郎
【きんだいちこうすけたいあけちこごろう】

芦辺拓のパスティーシュ小説「金田一耕助VS明智小五郎」シリーズでは、横溝正史が生んだ名探偵・金田一耕助と明智小五郎が共演を果たしています。平成25、26年には同シリーズを原作とするドラマ「金田一耕助VS明智小五郎」、「金田一耕助VS明智小五郎ふたたび」がフジテレビ系で放送。明智は伊藤英明、金田一は山下智久でした。こうなると、シリーズ中の『金田一耕助、パノラマ島へ行く』や『明智小五郎、獄門島へ行く』なども、明智は天知茂、金田一は石坂浩二で観てみたい気がします。また、芦辺のシリーズとはまったく関係なく、平成17年にテレビ朝日系で「明智小五郎VS金田一耕助」というオリジナルのドラマも放送されました。こちらの明智は松岡昌宏、金田一は長瀬智也。

筋肉少女帯【きんにくしょうじょたい】

ロックバンド。ボーカルの大槻ケンヂが歌詞を手がけている楽曲には、「孤島の鬼」や「月とテブクロ」、「パノラ

マ島へ帰る」、「世界の果て～江戸川乱歩に～」など、乱歩作品をモチーフとしたものが多数。90年代、大槻がサブカル文脈のなかで乱歩を若い世代に橋渡しした役割は大きかったように思います。

金之助の謎【きんのすけのなぞ】

『孤島の鬼』の主人公で語り手でもある「私」の名前は、作中では箕浦という姓しか出てきません。にもかかわらず、単行本の登場人物一覧などでは箕浦金之助というフルネームが記されていることがあります。これは、雑誌連載時の「前号のあらすじ」にフルネームが記載されていたためです。ただ、この金之助という下の名前が、乱歩がもともと考えていたものなのか、それとも編集部があらすじを書くときに勝手に作ったものなのかは不明。また、乱歩考案のものだとすれば、なぜ作中に出てこないのかも謎です。

空気男【くうきおとこ】

『ぺてん師と空気男』の主人公のあだ名。空気のように頼りない男という意味で、いつもぼんやりしていて物忘れがひどいためにつけられました。元々は乱歩が作家になる前の鳥羽造船所時代の同僚のあだ名です。乱歩はこのあだ名がかなり気に入っていたらしく、未完に終わりましたが『空気男』という小説も書いています。また、空気のように透明という意味ですが、「少年探偵団」シリーズの『透明怪人』でも

使われました。

空想的犯罪生活者
【くうそうてきはんざいせいかつしゃ】

『空気男』に登場する探偵小説愛好家であるふたりの登場人物を評した言葉。彼らは探偵小説を読むことや書くことで、犯罪への欲求を満たしていました。乱歩自身も若いころ、そういった気持ちをもっていたと随筆のなかで告白しています。

グーテンベルクの聖書
【ぐーてんべるくのせいしょ】

『魔法博士』で黄金仮面をかぶった魔法博士が盗み出そうとした書物。ヨハネス・グーテンベルクは15世紀ドイツの技術者で、活版印刷技術の発明者とされています。彼が最初期に印刷したのは聖書で、『グーテンベルク聖書』とも『四十二行聖書』とも呼ばれるこの書物は現在、不完全なものも含めて世界に48セットしか残されていません。作中では東方製鉄会社の社長・山下清一がロンドンの骨董屋で入手したバラバラの状態の14枚が狙われました。その価値は本作が発表された昭和31年の時点で1億円というのですから、現在なら天文学的な値段になるでしょう。

唇のない男
【くちびるのないおとこ】

『吸血鬼』で、たびたび畑柳倭文子の前に姿を現した怪人。顔中に負った火傷のせいで唇がなく、赤い歯茎と白い歯がつねにむき出しになっているという恐ろしい顔をしています。また、鼻も欠け、上下の睫毛も一本も生えていません。さらに、左手が義手で、右足が義足です。明智小五郎に追われ、両国国技館の屋根から巨大な風船で上空に逃げたあとは、世間からは風船男とも呼ばれました。

蜘蛛男【くもおとこ】

『蜘蛛男』に登場する快楽殺人鬼。鼻と上唇のあいだが短く、上唇がピンとめくれ上がった顔立ちの女性に執着しており、そのような女性を次々とさらってきては、殺します。女性ばかり狙うことから、「青ひげ」とも呼ばれました。さらに、犠牲者の遺体を石膏像の中に塗り込めて販売したり、水族館の水槽の中にさらすなど、自分の犯罪を世間に誇示するようなところがあります。彼の最終目的は、自分好みの顔の女性たち49人を拉致

監禁してから、毒ガスによる死に様を楽しみつつ、死体の山のパノラマ館を作ることです。

「黒い糸」
【くろいいと】

コールタールで満たしたブリキ缶の底に針ほどの小さな穴を開け、それをこっそり相手の車に取り付けると、穴から少しずつコールタールが滴るため、あとで犬に匂いを追わせることで移動経路を知ることができます。明智小五郎はこれを「黒い糸」と呼んで、『人間豹』や「少年探偵団」シリーズでたびたび使いました。

黒手組【くろてぐみ】

『黒手組』に登場する犯罪者集団。本作の黒手組は東京で活動する賊徒ですが、19世紀末から20世紀初頭にかけてアメリカで暗躍したイタリア移民系の犯罪集団もこう呼ばれていました。イタリア語ではマーノ・ネーラ、英語ではブラックハンド・ソサエティ。また、1911年に結成されたセルビアの民族主義系秘密結社も、この名称を使っています。セルビアの黒手組は、1914年にオーストリア皇太子が暗殺されたサラエヴォ事件に関与しており、この事件がきっかけで第一次世界大戦が勃発しました。

黒蜥蜴【くろとかげ】

『黒蜥蜴』に登場する女賊の通称。左腕に真黒な蜥蜴の刺青を入れていることから、こう呼ばれています。黒天使と呼ばれることや、緑川夫人を名乗ることも。また、変装の名人です。彼女の目的は金銭ではなく、「この世の美しいものという美しいものを、すっかり集めて見たいのがあたしの念願なのよ。宝石や美術品や美しい人や、……」というものです。妖艶な雰囲気の女性でありながら、時として一人称が「僕」になるギャップがまた魅力。

畔柳友助【くろやなぎともすけ】

日本のシャーロック・ホームズとも呼ばれる民間の犯罪学者、法医学者で、素人探偵。これまで何度も、警察が手こず

るような大事件を解決に導いてきたため、法曹界、警察関係では有名人です。鉄道事故で片方の脚を失っているため、いつも義足をつけています。人と話をするとき、その義足をステッキでコツコツと叩くという癖があります。『蜘蛛男』の前半で探偵役を務めました。

群衆の中のロビンソン・クルーソー【ぐんしゅうのなかのろびんそん・くるーそー】

無人島などではなく、互いに名前も顔も知らないおおぜいの人間同士がすれ違う都会の雑踏のなかにいるときこそが孤独であり、また、より深く孤独を味わえるという意味。乱歩はこの感覚を愛し、「群集のなかのロビンソン・クルーソー」や「浅草のロビンソン」といった随筆を書いており、『ぺてん師と空気男』のなかでも言及しています。ロビンソン・クルーソーは、イギリスの作家ダニエル・デフォーの『ロビンソン漂流記』の主人公で、無人島に漂着して28年間そこですごした人物のことです。ただ、乱歩は探偵作家として有名になると顔が広く知られてしまったため、この感覚を味わえなくなったと嘆いています。

下宿屋【げしゅくや】

デビュー後数年で作家としてやっていく自信を失った乱歩は、昭和2年に下宿屋を経営して日々の生活を営むこと

け

を思いつきます。最初、早稲田大学正門前の「筑陽館」という下宿屋の権利を買い取りますが、翌年近所にもっと大きな建物を買い求め、下宿屋に増改築したうえで「緑館」と命名し、本格的に経営をはじめました。もっとも、乱歩はお金を出しただけで、あとは建築のことから、下宿屋の切り盛りまで、すべて奥さんに任せきりでした。さらに、人嫌いの乱歩は別棟の2階に閉じこもり、下宿人と顔を合わせても挨拶すらしなかったそうです。それらのことが原因で、不満を抱いた下宿人たちが昭和6年に争議を起こすと、嫌気がさした乱歩は下宿屋を畳んでしまいました。……家賃収入で生活を安定させたいという夢はよくわかりますが、どう考えても乱歩に下宿屋経営は向いていません。

乱歩自身がデザインした「緑館」の広告

幻影の城【げんえいのしろ】

「うつし世はゆめ、よるの夢こそまこと」と色紙に書いた乱歩は、また「幻影の城」や「幻影の城主」という言葉を好みました。自身の評論集を『幻影城』や『幻影の城主』と題し、雑

誌の連載コラムにも「幻影城通信」と名づけています。「幻影の城」とは、現実社会の不適応者である自分は、地上の城の城主ではなく、夢想のなかの幻影の城の城主であるという自嘲と自負が込められたものです。

検閲【けんえつ】

昭和14年ごろから戦争が激しくなり、出版物への検閲も厳しくなります。乱歩は警視庁から自作の全文書き換えを命じられ、とりあえず元の意味に似た穏当な文章に書き換えたものの、それでも許可が下りず、「今日はお天気がいい」といった無意味な文章にしてくれという無茶苦茶な指示を受けました。これで乱歩は完全にやる気を失い、戦争中、作家としては、ほぼ隠棲状態に入ります。

原稿料【げんこうりょう】

大正12年の乱歩のデビュー作『二銭銅貨』の原稿料は、乱歩自身によれば1枚1円だったそうです。当時の新人の原稿料としては極端に安いわけではありませんが、月に100枚書いても100円では安月給並みなので、作家専業を志す気にはなれなかったと乱歩は語っています。ですが、大正14年の『D坂の殺人事件』や『心理試験』のころには2円に上がり、昭和3年の『陰獣』では7〜8円になっていました。さらに、講談社で通俗物をつぎつぎと書くようになると、ますます原稿料は上がったそうです。

「現代日本小説全集」
【げんだいにほんしょうせつぜんしゅう】

昭和11年にアトリエ社から刊行がはじまった文学全集。その掲載予定の作家のなかに、川端康成、菊池寛、佐藤春夫、横光利一、村松梢風らと並んで乱歩の名前があります。この全集は結局、乱歩の巻が来る前に中絶してしまいましたが、当時の文壇における乱歩の位置がよくわかります。

恋人の灰 【こいびとのはい】

『孤島の鬼』のなかで、主人公の箕浦は非業の死を遂げた恋人の遺灰を泣きながら食べてしまいました。愛する者が死んだとき、その遺体や遺骨を食べることで一体化したいという願望は、乱歩作品以外でも多くの物語に描かれています。人間のもつ普遍的感情といえるでしょう。

郷田三郎 【ごうださぶろう】

『屋根裏の散歩者』の主人公。親からの仕送りがあるので生活には困っていませんが、何をしても面白くなく、退屈で死にそうになっています。その挙句に、自分が住んでいる下宿屋の屋根裏に忍び込み、他の下宿人の私生活を覗き見るという快楽に耽るようになりました。

皇帝の夜光の時計
【こうていのやこうのとけい】

戦前は資産家だった手塚龍之介が、没

落した戦後も唯一手放さなかった家宝の懐中時計。もともとはヨーロッパのある小国の皇帝の愛用品で、外側は見事な模様が彫刻されたプラチナとダイヤモンドをはじめとする無数の宝石で飾られています。その宝石のために暗闇でも虹のような光を放つことから、この名がつけられました。『青銅の魔人』で、全身を金属で覆った怪物に狙われます。

河野【こうの】

『湖畔亭事件』の登場人物。貧しい洋画家ですが、他人の秘密を探る探偵癖があり、湖畔亭で起きた事件で素人探偵の役を務めました。しかし、彼自身もある秘密を抱えており、そのせいで事件の謎は錯綜します。

古賀新一【こがしんいち】

漫画家。代表作『エコエコアザラク』をはじめとする数々の恐怖漫画を発表し、このジャンルの第一人者とされています。昭和45年には乱歩の『屋根裏の散歩者』を漫画化。また、『陰獣』、『人でなしの恋』の漫画化も手がけています。

木暮実千代をグッと若くしたような
【こぐれみちよをぐっとわかくしたような】

木暮実千代は、昭和13年に『愛染かつら』でデビューした松竹の女優。コケティッシュな色気が売りでした。乱歩が実在の女優を比喩表現に使うのは、かなり珍しいです。『堀越捜査一課長殿』より。

「ここはお国を何百里」
【ここはおくにをなんびゃくり】

『木馬は廻る』で、廻転木馬が廻るときに楽隊が鳴らしていた音楽。また、『白昼夢』でも道行く子供たちが歌っています。正式な曲名は「戦友」で、

明治38年に作られた軍歌です。作詞・真下飛泉、作曲・三善和気。軍歌でありながら〈ここはお国を何百里／離れて遠き満州の／赤い夕陽に照らされて／友は野末の石の下〉という厭戦的な歌詞のため、軍隊ではたびたび歌うことが禁じられました。

小酒井不木【こさかいふぼく】

医学者、翻訳家、小説家。乱歩より先に『新青年』誌上に、専門の医学知識を犯罪研究に活かした随筆を寄稿していました。乱歩が『二銭銅貨』でデビューしたさいには、小酒井の賞賛の文章も併せて掲載されます。一種の権威づけのためでしょう。しかし、乱歩の4歳年上の小酒井はお義理ではなく、以後生涯にわたって乱歩を励まし、応援し続けました。乱歩もその好意に甘え、『心理試験』を書いたときは原稿を小酒井に送り、自分が今後専業の作家としてやっていけるか判断してくれと頼んでいます。そんなこと誰にも判断できるわけもありませんが、後輩思いの小酒井は大丈夫という激励の手紙を送りました。探偵小説界黎明期の、ちょっと心温まるいい話です。……

もっとも、心優しい小酒井がいつも作品をほめるため、乱歩は「たまには鋭く弱点を突くような批評が聞きたい。そうあってこそ、賞賛の手紙が本当に有難く感ぜられるのだ」と、我がままなことも言っています。

5+3・13−2【ごたすさん・じゅうさんひくに】

幕末の豪商・宮瀬重右エ門の財宝の在り処を示す暗号文書が隠された秘密の場所を開けるための暗号。この謎を明智小五郎がたやすく解くと、青銅製の獅子の置物の口が開きました。『大金塊』より。

国家ごっこ【こっかごっこ】

少年時代、乱歩は「国家ごっこ」という遊びに熱中したといいます。これは、おもちゃの瀬戸物人形を何十と集めて、菓子箱などで宮殿や城郭を築き、紙幣を作ってそれぞれの役職に給料を払い、外交や戦争をしながら国家を運営するというものでした。こういった神のごとき全能感を味わえる遊びは中毒性が高く、ある種のタイプの人間はとことんはまってしまうようです。色川武大の『ひとり博打』やロバート・クーヴァーの『ユニヴァーサル野球協会』など同テーマの傑作小説がいくつかあります。……この手の遊びの泥沼のような魅力の怖さは震えるほどよくわかります。本当にヤバいです。

コナン・ドイル【こなん・どいる】

「シャーロック・ホームズ」シリーズ最初の
作品である『緋色の研究』の表紙

19世紀から20世紀初頭にかけて活躍したイギリスの小説家。「シャーロック・ホームズ」シリーズの著者であり、彼が生みだした名探偵シャーロック・ホームズは世界でもっとも有名な探偵です。乱歩は大学生のときにドイルとポーに触れ、本格探偵小説に目覚めました。

「この事件では、非常に沢山の人が殺されている様に見える。だが、本当は、犯人は、まだ、殆ど人殺しをしていないのではないか。という見方です」

【このじけんでは、ひじょうにたくさんのひとがころされているようにみえる。だが、ほんとうは、はんにんは、まだ、ほとんどひとごろしをしていないのではないか。というみかたです】

『吸血鬼』における明智小五郎のセリフ。陰惨な連続殺人だと思っていたら、そうではなかったというのは探偵

小説としてはサスペンスが減じますが、意外性満点なのも確かで、好奇心はくすぐられます。

この世にお化けなんて、いるはずはないのですから

【このよにおばけなんて、いるはずはないのですから】

『サーカスの怪人』における、あまりに理性的な一文。もっとも、合理精神がなければ探偵小説は成立しません。

「この世の中の隅々から、何か秘密な出来事、奇怪な事件を見つけ出しては、それを解いて行くのが僕の道楽なんです」

【このよのなかのすみずみから、なにかひみつなできごと、きかいなじけんをみつけだしては、それをといていくのがぼくのどうらくなんです】

『幽霊』のなかで、謎めいた青年が語った言葉。物語の最後に青年の正体が、アノ人であることが明かされます。

小林少年【こばやししょうねん】

明智小五郎の助手で少年探偵団団長。フルネームは小林芳雄。初登場は『吸血鬼』で、このときは13歳ぐらいと紹介されていますが、幼いころに両親を亡くしており、小学生のときから住み込みで明智の助手を務めていたようです。その後、「少年探偵団」シリーズの第1作『怪人二十面相』では15歳

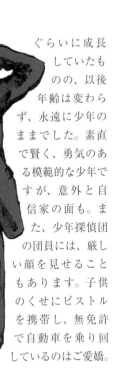

ぐらいに成長していたものの、以後年齢は変わらず、永遠に少年のままでした。素直で賢く、勇気のある模範的な少年ですが、意外と自信家の面も。また、少年探偵団の団員には、厳しい顔を見せることもあります。子供のくせにピストルを携帯し、無免許で自動車を乗り回しているのはご愛嬌。

小林信彦【こばやしのぶひこ】

小説家、評論家。昭和33年に乱歩が編集長を務めていた雑誌『宝石』に編集方針を批判する手紙を投稿。それがきっかけで宝石社で働くようになり、翌年には乱歩の後押しで同社発行の雑誌『ヒッチコックマガジン』の編集長に抜擢されました。その後、作家活動に入り、昭和

45年から書きはじめたユーモア小説「オヨヨ大統領」シリーズのなかの1編『大統領の晩餐』には、怪人二十面相が登場します。また、小林は晩年の乱歩と接した思い出話を綴った『回想の江戸川乱歩』という随筆も発表しています。

湖畔亭【こはんてい】

『湖畔亭事件』の舞台となった、H山中のA湖のほとりに建つ旅館。

小松龍之介【こまつりゅうのすけ】

戦時中、それまでの猟奇的な作風が当局に睨まれ、探偵小説が書けなくなった乱歩が使用した別ペンネーム。「健全な教育的な読み物を」という出版社からの依頼に応え、この名義で少年科学小説「智恵の一太郎」シリーズを執筆しました。ただ、戦後このシリーズが単行本化されたさいは江戸川乱歩名義で出版されたため、小松龍之介名義の本は一度も出ていません。

ごみ隠し【ごみかくし】

『空気男』に登場するふたりの青年が、退屈しのぎにはじめた遊び。片方が1枚の葉書を机の上にある筆立てや本、煙草の箱の中にうまく隠し、もう片方がそれを見つけだすというものです。いわば、隠れんぼうを極端に縮小したような遊びで、馬鹿馬鹿しいようですが、やってみれば意外とコクのあるものかもしれません。実際、乱歩は子供

こ

時代この遊びに熱中し、青年時代も『空気男』の作中と同じく、友人と興じたそうです。

ゴム人形【ごむにんぎょう】

怪人二十面相は、密室から姿を消すときのトリックや衆人環視から逃れるさいの替え玉として、ゴム人形をよく使いました。必要に応じて、空気で膨らませたり、留め金を外して空気を抜いてぺちゃんこにします。

菰田千代子【こもだちよこ】

『パノラマ島綺譚』の登場人物。M県随一の富豪である菰田源三郎の妻で、夫にすり替わった人見廣介を疑い、恐れますが、同時に惹かれていきます。

ゴリラ男【ごりらおとこ】

『恐怖王』に登場する犯罪者・恐怖王の部下。ゴリラのような見た目で、怪力の持ち主ですが、普通に人の言葉も喋れば、車の運転もします。警察に捕まったときは、動物園の檻に入れられました。

「これまでに先生が解決した有名な事件と云えば、大抵は偏執狂の犯罪なんだからね」

【これまでにせんせいがかいけつしたゆうめいなじけんといえば、たいていはへんしゅうきょうのはんざいなんだからね】

異常な犯罪者につけ狙われている被害者に、名探偵の明智小五郎に相談してみてはと知人が勧めたさいの言葉。「大抵は偏執狂の犯罪」とは、確かにその通りなので否定できませんが、なんとも身も蓋もないいわれ方で明智が少々気の毒になります。『地獄の道化師』より。

怖いもの【こわいもの】

誰にでも怖いもの、どうしても苦手な
もののひとつやふたつはあるもので
す。乱歩にとってのそれは蜘蛛でし
た。乱歩の父も蜘蛛が苦手だったとい
うことなので、親子2代の蜘蛛恐怖症
です。ただ、乱歩は「よく考えると、
一番怖いのは自分である」ともいって
います。「他人や他の動物の怖さなん
て間接的である。逃げられる。自分か
らは逃げられないのが怖い」とのこと。
これもまた一面の真理でしょう。

「今度の犯人には、箱とい
うものが、不思議につき
纏っているじゃないか。こ
れは一体何を暗示してい
ると思うね」
【こんどのはんにんには、はこというものが、
ふしぎにつきまとっているじゃないか。
これはいったいなにをあんじしているともお
うね】

『妖虫』における老探偵・三笠龍介の
セリフ。「箱」という概念を巡る何か
哲学的な意味があるのかと思わせます

が、意外とそうでもないです。

「ゴンドラの唄」【ごんどらのうた】

『地獄風景』の舞台となった巨
大遊園地のジロ娯楽園に入る
には、まず少女の操るゴンド
ラに乗って川を渡り、椿のアー
チをくぐります。そのとき少
女が歌うのが「ゴンドラの唄」
です。大正4年に発売された流
行歌で、作詞・吉井勇、作曲・
中山晋平。「いのち短し恋せよ
乙女」という歌詞は、アンデル
センの『即興詩人』の一節を基に
したとされています。

TOKYO RANPO MAP.③ 城西

　城西エリアは、現在は商業地や住宅地として大変栄え、ビルが立ち並ぶが、戦前は東京の郊外であり、豊かな自然がまだまだ残されていた。そのため、『人間豹』などに見られるよう、武蔵野の薄暗い森のなかにひっそりと建つ洋館といった舞台に使われることが多い。また、戸山ヶ原は乱歩作品において「寂しい場所」の代名詞だ。

荻窪
『影男』
地底のパノラマ国営業中。

西荻窪
『人間豹』
武蔵野の森のなかに人間豹・恩田とその父が暮らす洋館が建つ。

杉並区某所
『黄金豹』
小林少年がネコ夫人とネコ娘の暮らす洋館に迷い込む。

世田谷区郊外
『宇宙怪人』
北村青年、有翼のトカゲ怪人に誘拐される。

※国土地理院・地理院地図を使用しています。

都会の雑踏から遠く離れた武蔵野の深夜は、冥府の様に暗く静まり返っていた。音と云っては空吹く風、光と云っては瞬く星の外にはなかった。

——『人間豹』より

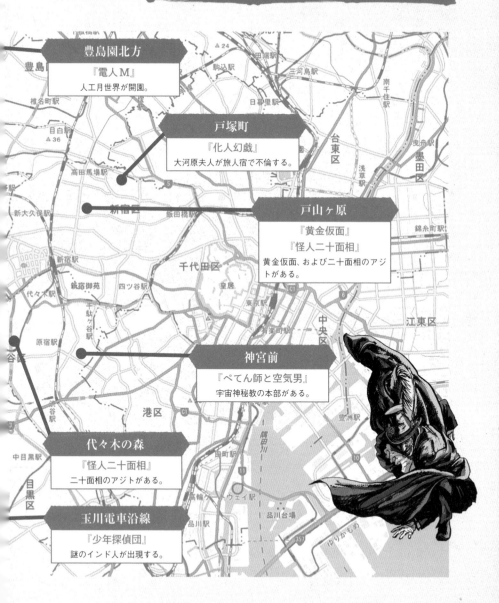

豊島園北方

『電人M』

人工月世界が開園。

戸塚町

『化人幻戯』

大河原夫人が旅人宿で不倫する。

戸山ヶ原

『黄金仮面』
『怪人二十面相』

黄金仮面、および二十面相のアジトがある。

神宮前

『ぺてん師と空気男』

宇宙神秘教の本部がある。

代々木の森

『怪人二十面相』

二十面相のアジトがある。

玉川電車沿線

『少年探偵団』

謎のインド人が出現する。

サイクルおしゃれ時代
【さいくるおしゃれじだい】

「目下流行のスラックスというものが何よりもサイクルにマッチする。若い女性のお買いものはもちろん、数人そろって近郊のサイクリングもしゃれた風景である。自転車そのものもたいへんスマートになっているし、今やサイクルおしゃれ時代といっていいだろう」……とても乱歩の文章とは思えませんが、これは昭和36年に乱歩がマルキン自転車の宣伝パンフレットに書いたものです。頼まれて断れない、なにか大人の事情があったのでしょう。有名人のつらいところです。

最初の名探偵
【さいしょのめいたんてい】

『火縄銃』は、乱歩が学生時代に日記帳の余白に書きつけていた習作です。これに、橘梧郎という旧制高校の学生である素人探偵が登場します。探偵小説や犯罪学に心酔しており、エドガー・アラン・ポーの詩などを口ずさむような人物です。彼こそが、明智小五郎に先立ち、乱歩が生みだした最初の名探偵といえるでしょう。

妻のろ【さいのろ】

戦前の流行語で、妻に甘い男を意味する「サイ（妻）ノロジー」を略した言葉。サイコロジー（心理学）をもじっています。『三角館の恐怖』の登場人物のひとりが、こう評されていました。

坂口安吾【さかくちあんご】

作家。戦前から活動し、戦後は太宰治、織田作之助、石川淳らとともに無頼派のひとりとして注目を集めました。代表作に、『白痴』、『夜長姫と耳男』、『堕落論』など。熱狂的な探偵小説マニアでもあり、昭和23年に長編『不連続殺人事件』を発表。乱歩はその力作ぶりと前代未聞のトリックを絶賛しました。ただ、本作のトリックは乱歩自身の『陰獣』と、どこか似ています。

挿絵でネタばれ
【さしえでねたばれ】

雑誌や新聞の連載小説には挿絵がつきものですが、謎解きが命の探偵小説ではそれが致命傷になることもあります。乱歩も『新青年』に掲載した『恐ろしき錯誤』で、本文がそこまで到達する前に入っていた挿絵によってトリックが明かされてしまい、頭を抱えたことがありました。また『人間椅子』では、アームチェアであるべきところソファを描かれてしまい閉口したそうです。

殺人請負会社
【さつじんうけおいがいしゃ】

『影男』に登場する企業。人を殺したがっている金持を探し出し、代理で殺人をするという営利会社です。学者崩れの須原正という痩せた小男と、評論家崩れの男、女医崩れの女の3人の重役だけで経営されています。過去に6件の依頼を受け、すべて完全犯罪を成功させていて、数千万円の利益を上げています。

殺人芸人【さつじんげいにん】

自身の犯した殺人を見せびらかした『悪魔の紋章』の犯人を、明智小五郎はこう呼びました。殺人芸術家ではなく、芸人であるところが妙におかしいです。今でいうところの劇場型犯罪ということですが、明智が相手にした犯罪者は、だいたいこのタイプでした。

佐藤春夫の言葉
【さとうはるおのことば】

佐藤春夫は明治末から戦後まで長きにわたって活動した詩人で作家。大正13

年の『新青年』増刊号に佐藤が寄せた探偵小説論に感銘を受けた乱歩は、そのなかにある以下の一文を探偵小説の見事な定義として随筆などでたびたび引用しています。「要するに、探偵小説なるものは、やはり豊富なロマンティシズムという樹の一枝で、猟奇耽異の果実で、多面の詩という宝石の一断面の怪しい光芒で、それは人間に共通な悪に対する妙な讃美、怖いもの見たさの奇異な心理の上に根ざして、一面また明快を愛するという健全な精神にも相結びついて成立っていると言えば大過ないだろう」。たしかに詩的な名文です。

佐野史郎【さのしろう】

俳優。小学4年生のときに『電人M』を読んで以来「少年探偵団」シリーズにのめり込んだ佐野は、数々の乱歩映像化作品に出演しています。最初に出たのは、平成6年に乱歩生誕100周年を記念してTBS系で放送された「乱歩〜妖しき女たち〜」。短編オムニバス形式の本作で、佐野は役を変えながら全編に出演しました。その後、平成13年にテレビ東京系で放送された「闇の

脅迫者～江戸川乱歩の「陰獣」より～」では、主人公の探偵小説作家・寒川を好演。ちなみに、この2作とも川島なお美との共演です。令和元年には、NHK BSプレミアムで放送された「黒蜥蜴―BLACK LIZARD―」で刑事の中村部長を演じました。また、平成6年公開の映画「RAMPO」にもワンカットだけ出演。さらに、映像作品だけにとどまらず、平成13年に発売された新潮社のCD文庫の『人間椅子』と『押絵と旅する男』で朗読も務めるなど大活躍です。

三角館【さんかくかん】

『三角館の恐怖』の舞台となった西洋館。中央区の築地付近にあります。

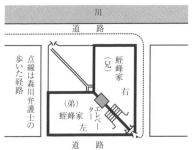

200坪余りの敷地の4分の3が建物で占められており、建物自体は3階建てで、それに屋根部屋と地下室がついています。建物と正方形の敷地を対角線で真っ二つに区切ってしまったため、近隣の住人からは「三角館」や「三角屋敷」と呼ばれていますが、敷地は三角形であるものの建物自体は台形です。

三カ月で8文字
【さんかげつではちもじ】

手紙の日付がアルファベットひとつと対応しており、3カ月かけて出した8通で「I LOVE YOU」になる異常に辛抱強いラブレター。『日記帳』より。

三重渦状紋
【さんじゅうかじょうもん】

『悪魔の紋章』で、犯行現場にたびたび残されていた3つの渦巻きのある特徴的な指紋。大小ふたつの渦巻きが上部に並び、その下に横に細長いが渦巻きがあるため、異様な人間の顔のようにも見えます。作中では、悪魔の紋章とも呼ばれました。ただ、このような指紋は現実には存在

しないそうです。

三人書房【さんにんしょぼう】

大正8年に乱歩が弟ふたりとともに本郷区（現在の東京都文京区）駒込団子坂に開いた古本屋。ですが、乱歩には経営も客商売も向いていなかったようで、あっという間に潰れてしまいました。

ジアール【じぁーる】

『吸血鬼』は、ふたりの男がひとりの女性を巡って決闘するという場面からはじまります。決闘方法は、透明な液体で満たされたワイングラスをふたつ用意し、片方だけに無色無臭の毒薬を入れておくというものでした。毒薬の入ったほうを飲んだ者は死に、生き残ったほうが女性を手に入れるというわけです。このとき使われた毒薬がジアールです。ただ、厳密にいえば毒薬ではなく、バルビツール酸系の睡眠薬ですが、大量に飲むと死に至ります。太宰治の『人間失格』にも登場しました。

J・B・ハリス【じぇい・びー・はりす】

英語教育者。大正5年にイギリス人の父と日本人の母とのあいだに生まれ、第二次世界大戦中は日本兵として徴兵されました。戦後、ラジオの英会話番組「百万人の英会話」で長年講師を務めるとともに、翻訳業にも従事。昭和31年には、乱歩の最初の英訳単行本『Japanese Tales of Mystery & Imagination』の翻訳を手がけました。

また、乱歩の英文の手紙の代筆をしていたこともあったといいます。

自己蒐集癖【じこしゅうしゅうへき】

探偵小説はもとより、同性愛文献や浮世絵などさまざまなものを蒐集していた乱歩ですが、なかでももっとも力を入れていたのが自分にかんするものの蒐集です。自著や新聞雑誌に掲載された自作の切り抜きはもちろんのこと、印刷された自分の写真、インタビューなどの新聞記事、自分への批評、著書や映画の宣伝パンフレット、新聞広告、ポスターから、もらった手紙、免状、感謝状、辞令にいたるまで、少しでも自分に関係のあるものはすべて保存していました。戦争中、探偵小説が書けなくなった乱歩は集めていた資料を整理し、大きなものでなければ年代順にアルバムに貼りつけ、貼雑年譜というものを作ります。『探偵小説四十年』を執筆するさい、これが非常に役立ちましたが、ここまで自己に執着するのは不思議な気もします。とにかく、珍しい趣味です。

し

「ジゴマ」【じごま】

1911年にフランスで製作された同名の新聞連載小説を原作とする映画。変装の名人である怪人ジゴマの活劇と犯罪が描かれています。同年、日本でも公開されると爆発的な人気を呼び、子供時代の乱歩も名古屋の御園座で観て大興奮。3晩も続けて観に行ったといいます。

ししがゑぼしをかぶるときからすのあたまのうさぎは三十ねずみは六十いはとのおくをさぐるべし

【ししがえぼしをかぶるときからすのあたまのうさぎはさんじゅうねずみはろくじゅういわとのおくをさぐるべし】

三重県の南のほうの海に浮かぶ岩屋島に隠された幕末の豪商・宮瀬重右エ門の財宝の在り処を示す暗号。読みやす

く直すと、「獅子が烏帽子をかぶる時、烏の頭の兎は三十、鼠は六十、岩戸の奥をさぐるべし」となります。岩屋島には、烏帽子岩、獅子岩、烏岩と呼ばれる大きな岩が3つありました。『大金塊』より。

四十面相の味方は、かよわい女の人ひとり。明智のほうには、たくさんの警官がついています

【しじゅうめんそうのみかたは、かよわいおんなのひとひとり。あけちのほうには、たくさんのけいかんがついています】

『奇面城の秘密』のラストで、恋人と思われる美しい女性とともに追い詰められた怪人四十（二十）面相についての一文。「少年探偵団」シリーズにおいて怪人四十（二十）面相にはたいてい部下がいましたが、ほとんど役に立たず、孤軍奮闘している印象がありま

す。それに対して、明智小五郎の側は、明智を筆頭に、小林少年と少年探偵団、チンピラ別働隊、さらに無数の官憲が一致団結して数に物を言わせているようなところがあり、多勢に無勢の感が否めません。そのため、読んでいると怪人四十（二十）面相に同情したくなってくるところがあります。

篠警部【しのけいぶ】

『三角館の恐怖』に登場する刑事。警視庁捜査一課の名探偵と呼ばれています。痩せて骨ばった顔立ちで、頭髪はモジャモジャ、鼠色のダブダブの外套を着ています。

澁澤龍彦【しぶさわたつひこ】

フランス文学者、作家。初期のエッセイ集『黒魔術の手帖』は、乱歩が編集長を務めていた雑誌『宝石』に昭和35年から翌年にかけて連載されたものをまとめたものです。昭和44年に「江戸川乱歩全集」の月報に『玩具愛好とユートピア――乱歩文学の本質』を執筆。また、角川文庫の『パノラマ島奇談』に解説なども書いています。澁澤は『押絵と旅する男』を乱歩の最高傑作としました。

「自分でも分ってる。因果な身体に生れついたひがみで気狂いになっているんだ。こう、世間の満足な奴らがにくくてたまらねえんだ。奴らあ、おれに取っちゃ敵（かたき）も同然なんだ。お前だからいうんだぜ。たれも聞いてるものはねえ。おれはこれからまだまだ悪事を働くつもりだ。運が悪くてふんづかまるまでは、おれの力で出来るだけのことはやっつけるんだ」

【じぶんでもわかってる。いんががなからだにうまれついたひがみできくるいになっているんだ。こう、せけんのまんぞくなやつらがにくくてたまらねえんだ。やつらあ、おれにとっちゃかたきもどうぜんなんだ。おまえだからいうんだぜ。たれもきいてるものはねえ。おれはこれからまだまだあくじをはたらくつもりだ。うんがわるくてふんづかまるまでは、おれのちからでできるだけのことはやっつけるんだ】

体に障碍をもつ犯罪者の一寸法師が深夜の浅草公園で配下の浮浪者に語った、血を吐くような内心の吐露。この告白を聞いてしまうと、なかなか彼を憎み切れるものではありません。『一寸法師』より。

嶋田久作【しまだきゅうさく】

俳優。嶋田の映画デビュー作となった「帝都物語」で監督を務

085

し

めた実相寺昭雄とふたたびコンビを組み、平成6年公開の「屋根裏の散歩者」と平成10年公開の「D坂の殺人事件」で明智小五郎を演じています。「帝都物語」における魔人・加藤保憲の動の演技とは対照的に、嶋田の明智は静の演技に徹し、不思議な存在感を示しました。当人の明智評は「内側に向かったら爆発しそうな脳を、極度なまでに外に注意を向けて物事を観察することで辛うじて保っている人間」というもの。ちなみに、嶋田は平成20年公開の映画「K―20 怪人二十面相・伝」にも出演し、平成26年にNHKが乱歩生誕120年を記念して制作したオーディオブック『押絵と旅する男』の朗読も担当しています。

志摩の女王【しまのじょおう】

黄金仮面が最初に獲物として狙った天然大真珠の異名。三重の真珠王自慢の品で、上野公園で開かれた産業博覧会に出品されていました。価格は20万円。『黄金仮面』が発表された昭和5年の大卒初任給が50円ですので、その4,000倍ほどの価値となります。この「志摩の女王」は、のちに『灰色の巨人』で怪人二十（四十）面相にも狙われました。

志摩はよし鳥羽はなおよし白百合の／真珠のごとき君の住む島【しまはよしとばなおよししらゆりのしんじゅのごとききみのすむしま】

乱歩が、奥さんの村山隆の故郷で彼女が小学校教師を務めていた坂手島を詠んだ歌。なかなかロマンチックです。坂手島は三重県鳥羽市の沖合600メートルほどのところにあり、『万葉集』でも佐堤崎として歌に詠まれています。乱歩は鳥羽造船所に勤めていた時代、子供たちにお伽噺を聞かせる会を作って、積極的に近隣の劇場や小学校に出向いて活動していました。そこで奥さんと出会っています。ただ、当初乱歩は結婚するつもりはまったくなかったようで、随筆のなかで隆さんとのなれそめについて「私は恋愛と結婚とを別物に考えていた。まことに申し訳ないわけだが（中略）結婚を予想する恋愛ではなかった」と記しています。にもかかわらず結婚したのは、彼女が

ノイローゼになってしまったので、すまないと思ったためのとのこと。わりと酷いことをいっています。

シムノンと水洗便所
【しむのんとすいせんべんじょ】

ベルギー出身の探偵小説作家ジョルジュ・シムノンが昭和31年に来日するという話がもち上がりました。そのさい、日本の探偵小説作家の家に泊まりたいということで、西洋人を迎えるため乱歩はそれまで汲み取り式だった自宅のトイレを水洗に改修します。結局、シムノンの来日は実現しなかったものの、当時の日本の住宅事情がしのばれるエピソードです。

十二億四千五百三十二万二千二百二十二円七十二銭
【じゅうにおくよんせんごひゃくさんじゅうにまんにせんにひゃくにじゅうにえんななじゅうにせん】

奥手な会計係が、気になっている職場の事務員の女の子に算盤の数字で自分の想いを伝えようと考えついた暗号。

『算盤が恋を語る話』より。

10年→40年
【じゅうねん→よんじゅうねん】

『探偵小説四十年』は、乱歩の幼少期から晩年までを記した自伝的回顧録であると同時に、黎明期の日本探偵小説界の貴重な記録となっています。乱歩作品中、最大の長さですが、最初からこのような長大なものを書こうとしたわけではありませんでした。はじめ、昭和7年に平凡社から刊行された「江戸川乱歩全集」に『探偵小説十年』を書き下ろし。次いで昭和13～14年にかけて新潮社から刊行された「江戸川乱歩選集」の巻末に『探偵小説十五年』を連載。そして、上記ふたつを組み込む形で昭和24年から雑誌『新青年』で『探偵小説三十年』のタイトルをつけた総まとめ的な回顧録の連載がはじまります。しかし、30年では終わらず、途中、掲載誌を『宝石』に替えつつ『探偵小説三十五年』に改題。それでも終わらず、最終的には連載完結後の昭和36年に桃源社から『探偵小説四十年』として刊行されました。書きはじめる前に全体の構成をうまく考えられないのは、非常に乱歩らしいです。

正月【しょうがつ】

乱歩は正月など、なにか世間が足並みを揃えて改まったような空気になる場が苦手でした。随筆のなかで「僕は正月はいつも不機嫌だ。年中行事としての社交の季節が異端者に合わないからである。僕の恐れるもの。宴会、婚礼、葬式」と記しています。

将棋【しょうぎ】

子供のころからスポーツも勝負事もからっきしダメだった乱歩ですが、将棋の駒の動かし方ぐらいは知っており、作家になってからは家に遊びに来た横溝正史や水谷準などと時々指していたといいます。また、乱歩は「本格探偵小説のプロットの作り方と詰将棋の問題の作り方はよく似ている」と感じていて、そのことをたびたび随筆に書いています。それが将棋の普及に貢献したということで、戦後、木村義雄名人から初段をもらいました。著名人には、よくある話です。ただ、実力がまったく伴わない名ばかりの名誉初段ですので、当然、無段者と指しても勝てず、乱歩は恥ずかしくなって、ほとんど将棋を指さなくなってしまったそうです。

上皇明仁【じょうこうあきひと】

幅広い読者層に受け入れられた乱歩作品ですが、乱歩自身によれば「皇太子さまは少年時代に私の探偵小説を読まれたそうで、それによって誰かの渾名をつけて興じられた」らしいとのこと。ここでいう皇太子さまとは、平成時代に在位した上皇明仁さまのことです。いったい何を読まれたのかが非常に気になります。恐らく「少年探偵団」シリーズだと思われますが、『芋虫』や『盲獣』だったらびっくりです。

常識判断【じょうしきはんだん】

『暗黒星』で、犯人だと思われていた人物の無実をただひとりだけ信じていた明智小五郎が説明した理由のひとつ。明智は、「うら若い女性が実の弟を傷つけたり、実の妹を惨殺したりすることは全く不可能だという、常識判断に基づくのですが」と述べています。しかし、名探偵が口にするにしては、その理由があまりに浅薄すぎるような……。もちろん、無実を信じたのには別の理由もありましたが、わりと明智は男女問わず美しい若者に甘いところ

があります。

少年愛【しょうねんあい】

乱歩は中学生時代、2度ほど同性の同級生とのプラトニックな恋愛経験があると告白しています。とくにそのうちのひとりとはかなり熱烈な恋愛をしていて、盛んにラブレターのやりとりをしました。「当時僕は、内気娘のように、昼となく夜となく、ただもう彼のことばかり思いつめていた。いつとなくそれが同級生に知れ渡って、色々にからかわれる。そのからかわれるのが、ゾクゾクする程嬉しいのです」とまでいっているので、かなりの熱の入れかただったようです。後年、乱歩は徳川夢声との対談で「プラトニックな同性愛は、わるくないね。同性愛というものに関心はもっているし、文献的に研究もしていますよ。実行はあまりしないがね」と発言。それに夢声が「あんまりしないってのは、多少はするということ？（笑）」と突っ込みを入れると、乱歩は「そういうことへの興味が、ないわけではない」と答えています。

少年探偵団
【しょうねんたんていだん】

小中学生だけで構成された探偵団。結成されたのは「少年探偵団」シリーズ第1作『怪人二十面相』の物語後半。明智小五郎が行方不明になってしまったため、二十面相に狙われていた実業家の息子・羽柴壮二君が小林少年に提案する形で誕生しました。このとき小林少年が団長に決まり、以後シリーズを通して少年探偵団は大活躍をします。団員の人数は作品によって10～20人程度と増減。探偵団に入るための明確な基準はなく、小林少年の一存で決まります。ただ、『鉄人Q』のなかで、探偵団に入りたいという子供に対して小林少年が「それは、きみがどんな子どもだか、よくしらべてからでなきゃ、だめですよ」と言っているので、身辺調査のようなものはあるようです。そのせいか、探偵団の正規団員は、いいとこの坊ちゃんたちばかりでした。

「少年探偵団、ばんざあい……」
【しょうねんたんていだん、ばんざあい……】

『超人ニコラ』の最後の一行。本作は乱歩にとって最後の小説です。これを書いていた時期はパーキンソン病の進行によって手足が不自由になっており、作品の一部を息子の妻の静子夫人に口述筆記してもらったとされています。『二銭銅貨』の「あの泥棒が羨ましい」というセリフではじまった乱歩の長い作家生活は、このセリフで幕を閉じました。

ショーケン
【しょーけん】

歌手で俳優の萩

原健一の愛称。昭和47年にNHKで放送された連続ドラマ「明智探偵事務所」で、明智小五郎が事務所代わりにしているスナック・チコの常連タカシ役で出演しています。本ドラマは、明智の事務所がスナックというのも異色でしたが、乱歩の映像化作品でありながら大阪が舞台になっているという点でも異色。いろいろな意味で実験色の強いドラマでした。ちなみに、ショーケンは後年、敬愛する映画監督の神代辰巳と組んで、『芋虫』の映画化を企画していたそうです。

植民地で見る英国紳士
【しょくみんちでみるえいこくしんし】

『一寸法師』事件のあと、国外に出て中国からインドを回っていたという明智小五郎が、『蜘蛛男』で3年ぶりに帰国したさいのファッションを評した言葉。このときの明智の恰好は、詰襟の麻の白服に白靴、真っ白なヘルメット帽、見慣れぬ型のステッキ、指には大豆ほどの宝石が光る異国風の指輪というものでした。かなり目立ちます。

「助手といっても、先生に劣らぬ腕ききなんです。十分御信頼なすっていいと思います。ともかく、一度お伺いしてみることにいたしましょう」
【じょしゅといっても、せんせいにおとらぬうでききなんです。じゅうぶんごしんらいなすっていいとおもいます。ともかく、いちどおうかがいしてみることにいたしましょう】

怪人二十面相の予告状を受け取った実業家が有名な明智小五郎に相談してみようと事務所に電話をしたところ、明智は満州国に出張していて留守とのこと。電話に出た留守番は、明智の代理を務めている小林という助手を代わりに送ると申し出ますが、依頼者は「助手の方ではどうも……」と不満顔。それにかぶせるように留守番が言ったのがこの言葉です。じつは電話に出た留守番こそが助手の小林少年当人で、しれっと自分を売り込んだのでした。かなり自信満々な強気すぎる発言です。『怪人二十面相』より。

「触覚芸術論」
【しょっかくげいじゅつろん】

盲獣が展覧会に出品した彫刻について、著名な彫刻家が批評した論文。その彫刻は、ひとつの体に不揃いな3つの顔、4本の手、3本の足、4つの乳房などをもつ不気味な裸婦像でした。しかし、論文では「目で見た形は、全く無意味な一つの塊に過ぎない。だが、

一たび目を閉じて、その表面を撫でさすって見るならば、今まで目にしていた形とは全然異なった、一つの新しい世界を発見して、愕然として驚かねばならないだろう。そこに純然たる触覚美が存在するのだ。視覚があるが故にさまたげられて、気附き得なかった別の世界があるのだ」と激賞されます。そして実際、展覧会には多くの人が訪れ、喜んで盲獣の彫刻を撫でさすりました。この彫刻は、盲獣がそれまで殺してきた女性の体のパーツのなかから、もっとも優れたものを集めて作ったものでした。そのような残虐な犯罪行為が、人の心を動かす芸術作品を生みだすというところに、『盲獣』の不思議と感動的な読後感があります。

書遁の術【しょとんのじゅつ】

小林少年は『怪奇四十面相』のなかで、全20巻の百科事典の背表紙を背中に貼りつけて本棚に隠れました。かなり突飛ですが、これも隠れ蓑願望のひとつでしょう。

白樺派【しらかばは】

明治末から大正期にかけて日本の文壇で一大潮流となった文学活動の一派。同人誌『白樺』が中心になっていたため、こう呼ばれました。おもな作家に、武者小路実篤、志賀直哉、有島武郎などがいます。この派の作品に共通する理想主義や人道主義、自由主義、個人主義的な傾向は、当時の青年たちの心をとらえました。しかし、同時代の青年であった乱歩は「白樺派のヒューマニズムというものは、読むことは読んだけれど、傾倒することはできなかった」と語っています。ある意味、のちの乱歩の作風とは真逆ですので、当然といえば当然の感想でしょう。ですが、別の見方をすれば、人道主義はともかく、理想主義や自由主義、個人主義的な傾向は乱歩作品にも強くあります。そういう意味では、地上のユートピアを求めるか、夢想のユートピアを求めるかの違いがあるだけで、両者はコインの裏表のような関係ともいえるかもしれません。

武者小路実篤

屍蠟【しろう】

外気と遮断されていて、湿度があり、かつ低温の環境に置かれた死体は腐敗しないことがあります。そのような死体は脂肪分が蠟状になるため、屍蠟と呼ばれています。『白昼夢』では、その屍蠟がショーウィンドウに堂々と飾られていました。

白蝙蝠団【しろこうもりだん】

『猟奇の果』に登場する秘密結社。社会の要人を、思い通りに動かせるそっ

くりな別人と入れ替えることで日本を支配しようとしました。彼らが入れ替えの対象として狙ったのは、首相や警視総監、実業界の大物などですが、そのなかに明智小五郎も入っています。

ジロ娯楽園【じろごらくえん】

『地獄風景』に登場するM県南部のY市郊外にある巨大遊園地。同市の旧家で千万長者といわれる喜多川治良右衛門によって造られました。場内には、空中を廻る大車輪のような大観覧車、縄梯子で昇れる大軽気球、浅草十二階を再現した摩天閣、懐かしきパノラマ館、大鯨の胎内巡り、からくり人間の地獄極楽、地底の水族館などの施設があります。この遊園地を舞台に、冗談のような大量虐殺が繰り広げられました。

人外境便り【じんがいきょうだより】

乃木大将の石膏像の中から出てきた手記。細かな鉛筆書きで、子供が書いたと思われる平仮名ばかりの奇妙な告白文ですが、読み進めていくうちに、その内容が示唆するものに気づくと戦慄させられます。「私や外の人達は、みんな人間というもので、魚や虫や鼠などとは別の生き物であって、みんな同じ形をしているものだということを、長い間知りませんでした。人間には色々な形があるのだと思い込んで居りました。それは、私が沢山の人間を見たことがないものだから、そんな間違った考えになったのです」。……物悲し

さ、恐ろしさ、残酷さ、無垢さが同居した、『孤島の鬼』のなかの読みどころのひとつであるとともに、乱歩文学のひとつの頂点です。

『新青年』【しんせいねん】

大正9年から昭和25年まで、博文館（末期は発行元は転々）から発行されていた雑誌。大正12年に乱歩のデビュー作『二銭銅貨』が同誌に掲載されたことにより日本の探偵小説はスタートし、その後、夢野久作や小栗虫太郎、海野十三など、そうそうたる探偵作家たちを輩出しました。昭和3年に『陰獣』の連載がはじまると爆発的に売れ、雑誌としては異例の3刷まで増刷。ですが、次第に編集方針が探偵小説から離れていったことで、乱歩も同誌と疎遠になっていきました。

人体花氷【じんたいはなごおり】

花氷とは、鑑賞と涼を得る目的のため、中に花を入れて凍らせた氷の柱のことです。氷中花ともいいます。『吸血鬼』

では、犯人の手によって美女と少年を氷に閉じ込めた巨大な人体花氷が作られました。非常に幻想的なイメージのため、『吸血鬼』の映像化作品では、たいてい見せ場となっています。

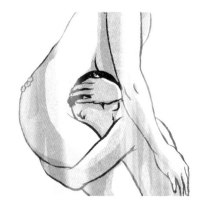

陣内孝則【じんないたかのり】

ミュージシャン、俳優。平成6年から11年までフジテレビ系で放送された「名探偵・明智小五郎」シリーズで、明智小五郎を演じています。放送されたのは「地獄の道化師」、「吸血カマキリ」（原作『化人幻戯』）、「暗黒星 天の怒りか地の悲しみか、21年ぶりの日

食の日に起きた連続殺人」、「吸血鬼」の4本。オーバーアクト気味の陣内の明智は、舞台調の演出とあいまって独特の印象を残しました。……それにしても、バトルロッカーズの狂犬がライスカレーを経て、やがて明智を演じるようになるとは、まったく想像していませんでした。

人肉の面【じんにくのめん】

死体の顔を剥いで、その「人肉の面」を被ることで他人に変装するという着想が『百面相役者』に出てきます。「変装」は乱歩が生涯追い続けたテーマですが、これもその方法のひとつです。

新聞社への投書
【しんぶんしゃへのとうしょ】

『怪奇四十面相』の冒頭、拘置所に入れられていた怪人二十面相は四十面相に改名することを決意し、わざわざ新聞に「これからは四十面相と、なのることにした。二十面相を卒業して四十面相になったのだ。こんごは、わたしを四十面相とよんでもらいたい」と投書して広く世間に知らせました。律儀です。……もっとも、ここまで徹底して周知したにもかかわらず、いまひとつ四十面相という名前は定着せず、シリーズ後半になると、誰もが普通に「二十面相」と呼んでいました。

翠巒荘【すいらんそう】

長野県の山奥のS温泉に、たった一軒

だけある旅館。信越線のＹ駅から電車で終点まで行き、そこからさらに自動車で2時間もかかるという辺鄙なところにあります。『石榴』の舞台となりました。

素寒貧の浪人者
【すかんぴんのろうにんもの】

「ボート遊び」エドゥアール・マネ

『魔術師』の冒頭で、明智小五郎が自分を評して言った言葉。金のない無職という意味です。そのわりには、湖畔のホテルに長投宿して、美しい婦人と一緒にボートを漕いだりしていました。

「少し親譲りの財産があるのでね」
【すこしおやゆずりのざいさんがあるのでね】

乱歩作品には、定職にも就かず、何をしているのかよくわからない都市生活者が数多く登場します。いわゆる高等遊民ですが、そのような生き方を貫き通すためには、このぐらいのセリフはさらりと言えないといけません。ちなみに、近代の寄る辺ない個人の自我の問題を書き続けたという意味で、乱歩は夏目漱石の正統な後継者ともいえます。『ぺてん師と空気男』より。

「済みませんが、柔か相な本の上へでも坐って下さい」
【すみませんが、やわらかそうなほんのうえへでもすわってください】

『D坂の殺人事件』で、「私」がはじめて明智小五郎の下宿を訪ねたときに言われた言葉。その部屋は四畳半の天井近くまで本で埋まっており、まん中のところに少し畳が見えるだけという凄まじいものでしたが、自分の部屋とあまり変わらないという読者の方も少なくないでしょう。

スランプ【すらんぷ】

乱歩は作家人生のなかで書けなくなって何度も長い休筆生活に入っていますが、スランプといわれることを激しく嫌いました。乱歩いわく、「『スランプ』でもないし『再起』でもない。私は作家は絶えず書き続けていなければならないという常識を拒否する。時たま書くと再起の意図ありとし、カムバックなどと称するのは、小説家をスポーツ選手の如く考えている迷妄である」とのことです。

「すると、犯人はただ少年探偵団員をいじめたいばっかりに、あんなことをしたとおっしゃるのですね」
【すると、はんにんはただしょうねんたんていだんいんをいじめたいばっかりに、あんなことをしたとおっしゃるのですね】

『妖怪博士』で語られた怪人二十面相

の犯行動機。実際、「少年探偵団」シリーズでは、途中から二十面相は高価な宝石や美術品を盗むことよりも、明智や少年探偵団の鼻を明かすことに重点を置くようになります。

生誕碑【せいたんひ】

昭和30年、三重県名張市の乱歩の生家跡地に生誕碑が建てられました。表面には縦に「江戸川乱歩生誕地」と彫られ、その上部に横書きで「幻影城」と彫られています。また、裏面には乱歩が色紙にもよく書いた「うつし世はゆめ、よるの夢こそまこと」の言葉が彫られました。建てられた当初は病院の敷地内にありましたが、現在は整備され、乱歩生誕地碑広場となっています。近鉄名張駅西口から徒歩13分ほどです。

青銅の魔人【せいどうのまじん】

『青銅の魔人』に登場し、宝石がついていたり骨董的価値のある高価な時計ばかりを次々と奪い去って世間を騒がせた怪物。一見、青い色の背広に青い色のソフト帽をかぶった大男ですが、洋服の下の全身は青銅色の金属で覆われています。その顔は、三角型の鼻、三日月型に笑っている口、真っ黒な穴のような両目と、世にも気味の悪いものでした。また、二本足で歩くときはギクシャクとしていますが、四つん這いになると高速で走ることができます。当初は人造人間ではないかとか時計を食べるおばけではないかと噂されたものの、その正体はおなじみのあの怪人でした。

精養軒【せいようけん】

『一寸法師』のなかに、登場人物たちが上野の精養軒で食事をする場面が出てきます。精養軒は明治5年にホテル兼業で築地に開業し、明治9年には上野公園の開設にともない支店として不忍池のほとりに上野精養軒も開業しました。関東大震災以降はこの上野精養軒が本店となり、現在も老舗西洋料理店として多くの人々に愛されています。

「世界各国の政府や軍隊は、いくど戦争をやっても、こりないで、何百万という、つみのない人間を殺しても、すこしもこりないで、まだ戦争をやろうとしているじゃないか。おれたちが、悪ものなら、そんなことを、考えているやつは、おれたちの万倍も、悪ものじゃないか」

【せかいかっこくのせいふやぐんたいは、いくどせんそうをやっても、こりないで、なんびゃくまんという、つみのないにんげんをころしても、すこしもこりないで、まだせんそうをやろうとしているじゃないか。おれたちが、わるものなら、そんなことを、かんがえているやつは、おれたちのまんばいも、わるものじゃないか】

『宇宙怪人』のラストにおける怪人四十（二十）面相の演説。本作で四十面相は宇宙人に化けて世界中を騒がせますが、それは宇宙からの侵略者がいれば、地球上の人類が団結して、戦争がなくなるだろうという願いゆえの行動でした。どこか、チャップリンの「独裁者」のラストシーンを思わせます。

世界長編探偵小説十傑
【せかいちょうへんたんていしょうせつじゅっけつ】

戦後、乱歩は海外の長編探偵小説のベストテンを何度か発表しています。発表時期や媒体によって多少の作品の入れ替わりや順位の変動、枠組みの定義の変化などはありますが、代表的なベストテンは次のようなものです。

1位	イーデン・フィルポッツ『赤毛のレドメイン一家』（1922年）
2位	ガストン・ルルー『黄色の部屋』（1907年）
3位	ヴァン・ダイン『僧正殺人事件』（1929年）
4位	バーナビー・ロス『Yの悲劇』（1932年）
5位	E・C・ベントリー『トレント最後の事件』（1913年）
6位	アガサ・クリスティ『アクロイド殺し』（1926年）
7位	ディクスン・カー『帽子蒐集狂事件』（1933年）
8位	A・A・ミルン『赤い家の怪事件（赤い館の秘密）』（1922年）
9位	F・W・クロフツ『樽』（1920年）
10位	コール夫妻『百万長者の死』（1925年）

世界連邦とローマ字
【せかいれんぽうとろーまじ】

偏狭なナショナリズムが日本を無謀な戦争に突き進ませ、国中が焼け野原となる惨禍を招いたとの反省から、戦後の乱歩は世界の国がひとつになる世界連邦の実現を理想としました。さらに、その前段階として日本語の表記をローマ字にすることを提唱します。そして、世界がひとつになったあかつきには人類が団結して宇宙に進出することを夢見ました。コスモポリタン的側面ももつ乱歩らしい夢想ですが、世界連邦や宇宙進出はともかく、日本語表記のローマ字化には首をかしげたくなります。『陰獣』が『INJUU』、『人でなしの恋』が『HITODENASHINOKOI』ではな

んのことやらわかりませんし、味気ないことこのうえありません。……もっとも、日本語の表記をローマ字にすべきという議論は明治初期からあったものです。

赤外線防備装置
【せきがいせんぼうびそうち】

『少年探偵団』で、二十面相から黄金塔を守るために備えつけられた装置。誰かが黄金塔に触れようとして目に見えない赤外線を遮ると、たちまちベルが鳴り響くしかけになっています。本作が発表されたのは昭和12年ですので、そんな昔からこのような警報装置があったとは驚きです。

「世間で残酷と云っているのは、わたしにとっては、愛情の極致なのです」
【せけんでざんこくといっているのは、わたしにとっては、あいじょうのきょくちなのです】

『化人幻戯』の犯人である殺人淫楽症

の女性の告白。彼女は小さなころから、飼っていた鶯や猫を可愛さのあまりに殺してしまう癖があり、12歳のときには好きだった男の子を愛情のあまり殺しています。以後、愛が高まるたびに相手を殺し、それによって「愛情の極点まで行ってしまった」という充足感を得ていました。「殺すことが、この世の最大の悪事だなんて、むろん、夢にも知らなかったのです。……そして、今でも、殺すことが、どうして悪事なのか、ほんとうには、わかっていないのですよ。みんながそう云うから、そうだろうと思っているだけです」と彼女は言います。この告白を聞かされた明智小五郎は、「僕はわからない。あなたという人がわからない。あなたのような人に会ったのは。僕は全くはじめてです」と、少々押され気味です。

「世間の為にあなたの恋を捨てるのが、正しいことだと悟る時が来ます」
【せけんのためにあなたのこいをすてるのが、ただしいことだとさとるときがきます】

大富豪の令嬢に、世間を騒がす犯罪者である黄金仮面との恋を諦めるよう説得する明智小五郎の言葉。……それにしても、あの明智がこんな分別臭いことを言うようになるとは、初期の姿からはとても想像できません。世間とは、もっとも縁遠いところにいたのが明智のはず。もっとも、明智は異性関係に不感症のところがあるので、それゆえの理解ないセリフと受け取れなくもありません。『黄金仮面』より。

せ

Z曲馬団【ぜっときょくばだん】

『人間豹』に登場するサーカス一座。人間豹にさらわれた文代さんは、全裸にされ熊の毛皮を着せられると、サーカスの見世物として本物の虎と対決させられました。乱歩作品のなかでもサディスティックさでは、一二を争う名場面です。読者にとって、よほど刺激的で印象深かったのか、例えば望月三起也の漫画『ワイルド7』の「バイク騎士編」などにもオマージュ的場面があります。

絶版【ぜっぱん】

戦争がはじまると、乱歩の作品の多くは内容が時局に合わないという理由で一部削除を命じられるようになり、さらには全作品が実質上の絶版となる状態が6〜7年間も続きました。当然、内心は納得いかない思いもあったでしょうが、乱歩自身は「戦争の最中に戦意を喪失させるような小説が禁じられるのは当然のことである」と語っています。是非は別にして、明治人らしい国家と個人の関係の捉えかたといえるでしょう。

『セメント樽の中の手紙』
【せめんとだるのなかのてがみ】

大正15年に発表された葉山嘉樹の短編小説。プロレタリア文学の代表的作品のひとつともされています。本作を発表当時に読んだ乱歩は、「探偵味ある創作」として絶賛しました。たしかに、セメント樽から出てきた手紙の真相が明らかになっていく展開は、一種の探偵小説としても読むことができます。ただ、作者にそのような意図はなかったでしょう。そういう意味では、乱歩

の『芋虫』が左翼作家に勘違いで賞賛
されたのと逆の現象ともいえ、おもし
ろいものです。

『一九三四年冬―乱歩』
【せんきゅうひゃくさんじゅうよねんふゆ
らんぼ】

「寺内貫太郎一家」や「悪魔のような
あいつ」など、テレビ史に残る数々の
傑作ドラマの演出家、プロデューサー
として知られる久世光彦が平成3年に
発表した小説。執筆に行き詰まって麻
布の張ホテルに身を隠した乱歩が、初
期の作風に立ち戻ろうと『梔子姫』と
いう新作を書きはじめると、小説中の
人物が姿を現したり、無人の隣室から
人の気配がするなど周囲に妖しい気
配が漂いだし……という虚実入り交
じった物語です。第7回山本周五郎賞
受賞。久世は平成4年にフジテレビ系
で放送された「D坂殺人事件 名探偵
明智小五郎誕生 名探偵明智が挑む猟
奇殺人の謎!!
闇に浮かぶ白
い肌…」の演
出もしていま
す。ちなみ
に、このドラ
マで明智を演
じたのは郷ひ
ろみ。

戦後派五人男
【せんごはごにんおとこ】

探偵小説雑誌『宝石』で乱歩が選考委
員を務めた懸賞小説で入賞しデビュー
した、香山滋、山田風太郎、島田一男
と、乱歩に処女作『刺青殺人事件』
が認められて『宝石選書』で一挙掲
載された高木彬光、佐藤春夫の推薦
で『天狗』が『宝石』に掲載された大
坪砂男の5人の作家をまとめていう呼
称。出自から宝石五人男とも呼ばれ
ました。『宝石』はほかにも、日影丈
吉、土屋隆夫、鮎川哲也など戦後の探
偵小説界を支えた多くの作家を輩出し
ています。乱歩は彼らを陰にひなたに
支援し続けました。

戦争【せんそう】

日本が本格的に戦争に突入していった
昭和10年代中盤以降、乱歩は自作を削
除されたり、絶版にされるなど散々な
目にあいました。そのいっぽうで、町
会や翼賛壮年団などで積極的に銃後の
戦争協力をしていきます。このときの
心理をのちに乱歩は、「それを恥じた
り、後悔したりはしていない。国が亡
びるかどうかというときに、たとえ戦
争そのものには反対でも、これを押し
とどめる力がない以上は、やはり戦争
に協力するのが国民の当然だと、今で
も考えているからである」と述べてい
ます。また、「戦争を始めたことに賛
成しているわけではなかった。しかし、
いくら戦争が嫌いであっても、ここま
で来てしまった以上は、敗戦の憂き目
は見たくないという、ごくあたりまえ
の考えからであった」とも。しかし、
日本が敗戦したときには「探偵小説国
のアメリカが占領したのだから、日本

固有の大衆小説はだめでも、探偵小説の方は必ず盛んになると信じた」と、探偵小説愛好家として喜んでしまっています。……どちらも正直な気持ちでしょう。

早大図書館卒業
【そうだいとしょかんそつぎょう】

大正2年に乱歩は早稲田大学政治経済学部に入学しますが、講義はあまり受けず、もっぱら図書館で海外の探偵小説ばかり読み漁っていました。そのことを自嘲的に「早大図書館卒業」と言っています。

「そして、僕も今日から探偵小説の愛読者になろう」
【そして、ぼくもきょうからたんていしょうせつのあいどくしゃになろう】

『鬼』のラストで、探偵作家の的確なアドバイスのおかげで無事事件を解決できた捜査関係者が語った言葉。乱歩の素直な探偵小説礼賛の気持ちが滲み出ています。一方『妖虫』では、登場人物が探偵小説好きだったことから恐ろしい事件に巻き込まれたため、「探偵小説なんて呪われてあれ！ そこで、彼は沢山の探偵本の蔵書を、一纏めにして、屑屋に売払ってしまったということである」という一文で物語は締めくくられます。この対照的なラストシーンは、乱歩の探偵小説に対するアンビバレントな気持ちの表れといえるでしょう。

祖先【そせん】

家系図でたどれる乱歩のもっとも古い祖先は、江戸時代初期の人物である「伊豆伊東の郷、鎌田の住、平井太夫嫡男十郎右衛門」とのこと。ようするに、伊豆の下級武士だったようです。その十郎右衛門の娘の於光が熱海の奉公先で見初められ、伊勢の津藩の当主・藤堂高次の側室となり、4代藩主・高睦を生んだことで正室に。その縁から於光の弟である平井友益も藤堂家に召し抱えられ、以後、明治維新まで平井家は代々藤堂家に仕えて伊勢安濃郡安濃津（現在の三重県津市）で暮らしました。友益から数えて7代目の陳就が乱歩の祖父にあたります。

そっくり人間工場
【そっくりにんげんこうじょう】

『猟奇の果』の前半は、「同じ顔をした人間がふたりいる」という強烈な不条理感とサスペンスで引っ張ってくれます。ですが、最後に、整形外科手術でそっくりな人間を大量生産している工場があったというタネ明かしを読むと、全身の力が抜けます。

園田黒虹の『椅子になった男』
【そのだこっこうのいすになったおとこ】

園田黒虹は『吸血鬼』に登場する探偵小説作家。1年に1度ぐらい非常に不気味な短編小説を発表していますが、原稿をいつも違った郵便局から送るた

せ

め、彼の作品を掲載した雑誌の編集者でさえ、黒虹がどこに住んでいるか、どんな顔をしているのかを知りません。『椅子になった男』は、その黒虹の代表作のひとつです。もちろん、黒虹と『椅子になった男』が、乱歩と『人間椅子』を踏まえたものであることはいうまでもないでしょう。

その遊戯というのは、突然申上げますと、皆さんはびっくりなさるかも知れませんが……、人殺しなんです

【そのゆうぎというのは、とつぜんもうしあげますと、みなさんはびっくりなさるかもしれませんが……、ひとごろしなんです】

『赤い部屋』のなかの言葉。遊戯としての殺人という観念は、乱歩が好んで扱ったテーマです。

それは、イヌみたいな、きたない人間の子どもでした

【それは、いぬみたいな、きたないにんげんのこどもでした】

張り込みをしていたチンピラ別働隊を指しての表現。ひどいいわれようです。『宇宙怪人』より。

ソロモン【そろもん】

『妖虫』で事件発端の舞台となったレストラン。日本橋区の川沿いの淋しい区域にあり、料理がおいしいのと値段

が高いので有名です。日本橋区は昭和22年までの区名で、その後、京橋区と合併して中央区になりました。

「そんな相手でしたら、面白うございますわ。明智はこの頃、大きな事件がないと云ってこぼし抜いていたのですもの」

【そんなあいてでしたら、おもしろうございますわ。あけちはこのごろ、おおきなじけんがないといってこぼしぬいていたのですもの】

凶悪な人間豹・恩田の次なる標的が自分であることを知った明智夫人の文代さんが、平気な顔で言った言葉。夫である明智への絶対の信頼が伝わるいいセリフです。『人間豹』より。

「そんな事は人間の世界には起り得ないと思うんだ。神が許さないと思うんだ」

【そんなことはにんげんのせかいにはおこりえないとおもうんだ。かみがゆるさないとおもうんだ】

『暗黒星』での明智小五郎のセリフ。ただ、過去の言動を見ても明智が神の存在を信じているとは、とても思えません。

「ドキュメント『悪霊』騒動」

創作に行き詰まって書けなくなった乱歩と、それでも書かせたい
『新青年』編集部。両者の息詰まる攻防と、その顛末とは!?

　昭和7年3月に乱歩は2度目となる休筆宣言をしました。ですが、出版業界が売れっ子の乱歩を放っておくはずもなく、宣言を無視するように、すぐさま『新青年』の編集後記に次のような文章が掲載されます。

「心臓が震えると云えば、増刊でも予告したように、いよいよ六月号あたりから江戸川乱歩氏が畢生の大作を寄せるはずである」【昭和7年3月号】

　これは乱歩に一言の相談もなく編集部が勝手に書いたものです。目にした乱歩こそ、心臓が震えたことでしょう。当然ながら、休む気満々の乱歩に「畢生の大作」の準備などあるはずもありません。にもかかわらず、3カ月後の編集後記には平気で次のような文章が載ります。

「先に本欄で江戸川、森下両氏の大長篇執筆を予告したが、両氏とも目下懸命に構想の準備中である。読書界一九三二年後半期の多忙、めざましさ」【昭和7年6月号】

　こうして編集部は時間稼ぎをしますが、このとき乱歩は懸命に構成など練っていません。それでも『新青年』編集部はあきらめることなく、断続的に乱歩にプレッシャーを与え続けました。

「筆を折って暫く静養していた江戸川乱歩氏が、いよいよ明年を期して大探偵小説を本誌に寄せることとなる。毎度諸君にお約束しておきながら、実現の機に至らなかったけれども、今度こそは氏自身の覚悟のほども断乎として固い。恐らく驚天動地の作品が

約束されるだろう」【昭和7年11月号】

「ところで、お待ちかねの江戸川乱歩氏の長篇だが、いよいよ四月号から連載できることになりそうである。氏は目下、他の雑誌の爆弾勇士を悉く撃退して、僕らのために驚嘆すべきストーリーを制作中だ」【昭和8年1月号】

「本号から連載の予定であった江戸川乱歩氏の長篇は、遂に間に合わず。「又か!」と云わずに下さい。作者も僕らも一生懸命なのだ。次号を待たれよ」【昭和8年4月号】

　繰り返しになりますが、この段階でも乱歩はまったく書いていないどころか、作品の構想もなく、そもそも『新青年』に連載の予定もありません。それでも、さすがに圧力に負けてしまったのか、うっかり小説を書く約束をしてしまいました。こうして昭和8年11月号から連載がはじまったのが『悪霊』です。翌月号の編集後記には、次のような喜びの声が載りました。

「やっと約束の一つを、果たすことができた。曰く、江戸川乱歩氏の「悪霊」。予告ごとに諸君をワクワクさせた揚句、フンガイを買っていた僕らも辛かったが、これで闇の夜でも歩けるようになった。「悪霊」一たび出ずるや、文字通りの大旋風捲き起こり、黄塵万丈日本全国を覆い、ために再版をしなくてはならないような騒ぎ。いや近頃の快事であった。この大作は恐らく氏としても全精力を傾倒し尽くして生まれたもの、これ位の現象は当たり前だとも云える。（中略）原稿が来ると編集者同士が奪い合って読むというようなのは、そう沢山はないものだが、これなどはその一つだ。今月の第二回を読んで見て下さい」【昭和8年11月号】

編集部の勝利の凱歌です。ところが、ろくな準備もなく書きはじめたため、『悪霊』は連載3回で行き詰まってしまいました。挙句、休載。編集後記にも不穏な空気が漂いはじめます。

「江戸川乱歩氏の「悪霊」は近頃の話題メイカーになっている。あらゆる意味で賞賛の声が編集部へしきりととび込む。残念ながら今月は原稿締切に間に合わず、来月は二ヵ月分一纏めの予定」【昭和9年2月号】

今月書けないのに来月になれば2カ月分まとめての原稿が来るだろうというのは、なんの根拠もない、ただの願望にすぎません。案の定やはり乱歩からは原稿が届かず、翌月号の編集後記は読者に平謝りしつつ、乱歩に対して少々おかんむりとなっています。

「もう一度読者の皆さんにお詫びしなければならない。江戸川乱歩氏の「悪霊」またも休載である。連載の探偵小説は、他の小説と違って、絶対休んではならない定法なのだが、何しろ作者はこの作を畢生の大作たらしめんとしているので、筆が思うように運ばぬらしい。今月は加えてご病気である。あと一と月ご猶予願いたい。来る四月号分には充分の枚数を以って、ファンにまみえるであろう」【昭和9年3月号】

もはや「畢生の大作」という言葉も虚しく、悲壮感が漂っています。もちろん、乱歩は病気でもなんでもありませんでしたが、それでもまったく書けず、『悪霊』はとうとう中絶してしまいました。同年4月号の編集後記で、ついに編集部も白旗を上げました。

「二ヵ月続きの日蝕、今度こそは陽の目を見ようと、作者編集子ともどもに躍起となったが、ご期待の愛読者諸君にはお詫びの言葉もない次第だ。乱歩氏を

起たしめたることは、或いは編集子の憎むべき錯覚であったかも知れない。これですっぱりあきらめる。いずれ月を改めて、この償いはさせて貰うつもりである」
【昭和9年4月号】

　「償いはさせて貰うつもりである」というのが、編集部が償うつもりなのか、乱歩に償わせるつもりなのかよくわからず、なんとなく怖いです。同号には、次のような乱歩自身のお詫びの言葉も掲載されました。

　「『悪霊』二ヵ月も休載しました上、かくの如きお詫びの言葉を記さねばならなくなったことは、読者編集者に対してまことに申訳なく、又、自ら顧みて不甲斐なく思いますが、探偵小説の神様に見放されたのでありましょうか、気力体力共に衰え、日夜苦吟すれども、如何にしても探偵小説的情熱を呼び起こし得ず、抜殻同然の文章を羅列するに堪えませんので、ここに作者としての無力を告白して『悪霊』の執筆を一先ず中絶することにいたしました」

　これにより、長きにわたる『悪霊』騒動は幕を閉じます。ちなみに、同号の『新青年』には、『悪霊』を中絶させた乱歩に対する横溝正史の「一体何というざまだ。何のために二年間も休養していたのだと云いたくなる」という痛烈な罵倒文が載り、一時期ふたりの仲がぎくしゃくするようになりますが、それはまた別のお話——。

代作懺悔【だいさくざんげ】

乱歩が人気作家になると、出版社は乱歩の名前があれば本が売れるということで盛んに原稿依頼をしましたが、当人はまったく量産できません。そこで、乱歩と出版社は苦し紛れの妥協案として代作でお茶を濁すという手段を取りました。『あ・てる・ている・ふぃるむ（のちに『銀幕の秘密』に改題）』、『犯罪を猟る男』、『角男』は雑誌には乱歩の名義で載ったものの、じつは横溝正史による代作です。ほかにも、『蠢く触手』、『陰影』、『蜃気楼』などの小説、「世界犯罪叢書」のなかの変態殺人篇の原稿、ゴーチェの『女怪』の翻訳などが乱歩の名前で発表されましたが、本人はいっさい書いていません。のちに乱歩はこれらの代作を告白し、懺悔しました。

「だいじょうぶです。ぼく、なんどもやったことがあるんです」【だいじょうぶです。ぼく、なんどもやったことがあるんです】

『魔法人形』での小林少年のセリフ。ここで小林少年がなにを「なんどもやったことがある」と言っているのかというと女装です。続けて小林少年は得意げに「ぼくのからだにあう女の子の洋服も和服も、いつでもつかえるように、事務所にちゃんと用意してあります」と胸を張りました。実際、「少年探偵団」シリーズで小林少年はたびたび女装を披露しますが、当時として

はちょっと危ない発言です。

胎内願望【たいないがんぼう】

温かな母親の胎内に戻りたいという無意識の願望のこと。胎内回帰願望とも。乱歩の小説には、この要素が濃厚です。『影男』の地底のパノラマ国での、無数の女体で造られた山に飲み込まれる場面や、巨大な女体に包まれる場面。また、『化人幻戯』のなかには、「胎内願望」という章があり、この嗜好について詳細に語られています。あるいは、『屋根裏の散歩者』の主人公が押入れで寝るようになるのも、『人間椅子』で椅子の中に潜り込む夢想が語られるのも、胎内願望の表れといえるでしょう。

竹中英太郎【たけなかえいたろう】

画家。昭和3年に『新青年』に連載された『陰獣』の挿絵を描いたことがきっかけとなり、以後、『孤島の鬼』や『盲獣』などの乱歩作品のほか、横溝正史、夢野久作、甲賀三郎、大下宇陀児らの探偵小説の挿絵を数多く手がけました。作家の中井英夫は子供時代に見た乱歩作品における竹中の挿絵につい

て「何を描いてもアルコホル漬けの胎児みたいになってしまう竹中英太郎の挿絵も見倦きなかった」と記しています。ちなみに、英太郎の息子は日本で最初のルポライターともいわれる竹中労です。

「確かに、女は人種が違うのだ、どこか魔物の国からの役神なのだ」

【たしかに、おんなはじんしゅがちがうのだ、どこかまもののくにからのつかわしめなのだ】

乱歩の女性恐怖、女性嫌悪が炸裂しているセリフ。『猟奇の果』より。

「ただお別れする前に、僕の本名を申上げて置きましょう。僕はね、君が日頃軽蔑していたあの明智小五郎なのです」

【ただおわかれするまえに、ぼくのほんみょうをもうしあげておきましょう。ぼくはね、きみがひごろけいべつしていたあのあけちこごろうなのです】

正体を隠したまま、探偵小説好きの青年が語る明智小五郎への「いやに理屈っぽい」、「あの男なんか、まだ本当にかしこい犯人を扱った事がない」といった悪口にしきりに同意してみせていたくせに、最後の最後に事件の真相とともに自分がその明智であることを明かしたときのセリフ。意地悪さが爆発しています。さらに、明智はクスクスと気味悪く笑いながら、青年に残酷な仕返しをしました。『何者』より。

谷崎潤一郎
【たにざきじゅんいちろう】

作家。明治43年に処女作『刺青』を発表すると一躍文壇の寵児となり、以後、マゾヒズムやフェティシズムの要素が色濃い唯美的な小説を書き続けました。代表作は、『痴人の愛』、『春琴抄』、『細雪』など。乱歩は大学卒業後の職業を転々としていた時期に谷崎の『金色の死』を読み、同作がエドガー・アラン・ポーの『アルンハイムの地所』や『ランドアの屋敷』に着想が似ていることに気づいて狂喜。以後、乱歩にとって谷崎は、もっとも敬愛する作家のひとりとなりました。谷崎の初期作品には、『途上』や『白昼鬼語』など探偵趣味の濃厚な短編が数多くあり、乱歩のみならず、のちの探偵小説界に多大な影響を与えています。ただ、後年作家になってからの乱歩は谷崎に直接会う機会を得るものの、そのさい当人から初期作品について「未熟で話をするのもいやだ」とハッキリ言われてしまい、「初期の諸作に今でも執着を感じている私は話が進めにくくて困った」とぼやいているのが、なんともおかしいです。作家と愛読者の関係などは、そんなものでしょう。

た

「駄文を売って稀覯本を集めるのだ」
【だぶんをうってきこうぼんをあつめるのだ】

自分では満足していない出来の作品で得た原稿料で、乱歩はせっせと江戸時代の貴重な同性愛文献を買いあさりました。そのことを自嘲しつつ、開き直った言葉。

卵焼き【たまごやき】

た

乱歩の好物は卵焼きでした。バーなどで腹が減ると卵焼きを注文したそうです。また、なければオムレツでも我慢すると言っています。とにかく卵が好きだった様子。ただ、それらを注文したときに同席者にいっしょに食べようと誘っても、あまり同調してもらえないとなげいています。

耽綺社【たんきしゃ】

小説を集団で大量生産するために作られた組合。乱歩のほか、小酒井不木、国枝史郎、長谷川伸、土師清二の計5人で昭和2年に結成されました。この合作組合に誘われた乱歩は、小説は本来個人の創作物であるため「小説家としてはどうにも賛成しにくいと思ったが、一方、小説によって生活して行かなければならない一人の人間としては、若しこれで収入が得られればという誘惑をも感じた」と正直に記しています。ただし、乱歩が懸念した通り、この試みはあまりうまくいきませんでした。

団次郎【だんじろう】

俳優。「帰ってきたウルトラマン」の主人公の郷秀樹をはじめ、「スーパーロボット マッハバロン」、「ロボット8ちゃん」、実写版「ワイルド7」など、数々の子供向け特撮番組に出演し、その抜群のスタイルとバタ臭い二枚目ぶりで子供たちの心に強い印象を残しました。昭和50年から翌年にかけて日本テレビ系で放送された「少年探偵団BD7」では、怪人二十面相を好演。さまざまな俳優が二十面相を演じてきましたが、いまだに団の二十面相がベストという声は多く聞かれます。その「少年探偵団BD7」の最終回で団は、「映画スターの団次郎さん」という本人役でも出演。最終回ゆえのお遊びかと思いきや、俳優の団こそが、じつは二十面相の正体だったというメタフィクション的なオチは当時の子供たちの度肝を抜いたものです。また、昭和45年に東京12チャンネル（現在のテレビ東京）で放送されていた「江戸川乱歩シリーズ 明智小五郎」でも、団は3度にわたって黄金仮面役で出演しています。

『探偵奇談号』
【たんていきだんごう】

大正10年に雑誌『新青年』がはじめて翻訳短編探偵小説の特集をしたさいのサブタイトル。以後、同誌は探偵小説を特集した増刊号を定期的に出すようになります。乱歩はこの状況に、ようやく日本にも探偵小説が定着する機運が盛り上がってきたと感じるとともに、いよいよ自身の探偵小説を世に問うときがきたと感じたそうです。

探偵趣味の会
【たんていしゅみのかい】

大正14年に乱歩を中心にして結成されたグループ。現在の日本推理作家協会の萌芽のようなものですが、探偵小説の創作と批評、翻訳以外にも、探偵映画の鑑賞や、犯罪および探偵にかんする各種施設の見学なども会の活動目的に定められており、まさに趣味のサークルのおもむきもあります。会員には乱歩のほか、横溝正史や小酒井不木、甲賀三郎などがいました。機関誌『探偵趣味』も発行。会合では毎回テーマを決めて各人が創作を持ち寄ることなどもしていたようです。なかなか牧歌的で心温まります。

探偵小説と推理小説
【たんていしょうせつとすいりしょうせつ】

おもに難解な事件の謎を論理的に解くことに主眼が置かれた小説は、探偵小説、推理小説、あるいはミステリーなどと呼称されます。戦前は探偵小説という呼び方が一般的でしたが、戦後になると推理小説という言葉が登場。一時期は完全にこの呼称が広まりました。ですが、近年はミステリーという呼び方が、もっとも定着しています。ちなみに、探偵小説という呼称が衰退したのは、戦後定められた当用漢字に「偵」の字がなかったことも一因といわれています。探偵小説の始祖であるエドガー・アラン・ポーは自分のその手の作品のことを、「ratiocination（推論）の小説」と呼んでいました。本書では乱歩が活躍した時代にあわせ、探偵小説の呼称で統一しています。

「探偵という職業をお賭けになりませんこと？」
【たんていというしょくぎょうをおかけになりませんこと？】

岩瀬商会の令嬢誘拐を明智小五郎が防げるか否かについて、緑川夫人こと黒蜥蜴が明智当人を挑発して言ったセリフ。代わりに彼女はもっている宝石をすべて渡すと言います。これに対して明智は「女のあなたが、命から二番目の宝石をすっかり投げ出していらっしゃるのに、男の僕たるもの、職業ぐらいは何でもない事ですね」と、余裕で賭けに乗りました。『黒蜥蜴』より。

た

探偵七つ道具
【たんていななつどうぐ】

少年探偵団が所持している便利な秘密道具のこと。シリーズ第1作『怪人二十面相』から登場し、そこでは万年筆型懐中電燈、小型万能ナイフ、絹紐で作った縄梯子、万年筆型望遠鏡、時計、磁石、小型の手帳と鉛筆、小型ピストル、伝書鳩が挙げられています。この時点で7つ以上ありますが、作品ごとに中身にはバラつきがあり、数も一定ではありませんでした。例えば『鉄人Q』では、BDバッジ、万年筆型懐中電燈、方位磁石、呼子、虫めがね、万年筆型望遠鏡、手帳と鉛筆が挙げられています。シリーズを追うにつれ、ピストルやナイフなど子供がもつには危ない物は除外されていく傾向が見られます。また、当初は探偵団のメンバー全員がもっていたわけではなく、『天空の魔人』のラストで事件解決の謝礼として100万円をもらったさい、小林少年が「探偵七つ道具だって、団員みんなに買ってやることができますからね」と語っています。

「近頃のは正直に云うと面白くないけれど」
【ちかごろのはしょうじきにいうとおもしろくないけれど】

『目羅博士の不思議な犯罪』のなかで、作中人物の江戸川乱歩が青年から言われた言葉。続けて「以前のは、珍しかったせいか、非常に愛読したものですよ」とも言わせています。自己卑下が過ぎるようですが、同様の自作評価は随筆などでも繰り返しており、乱歩の内心を正直に反映させたセリフといえます。

蓄膿症【ちくのうしょう】

若いころから蓄膿症に悩まされていた乱歩は、昭和3年、8年、15年、35年とたびたび手術をしたものの、結局完治することはありませんでした。乱歩は内心密かに自分の作家生活は、この病気のせいで集中力を欠き、駄作や中絶作が多かったのではと苦悩していましたが、たんなる無気力を病気のせいにしているだけかもしれないという自省もあり、その苦悩を誰にも告げられなかったそうです。しかし、10年以上に

わたって連載が続いた『探偵小説四十年』の最後でようやく、長年の悩みをはじめて世間に告白しました。そこで乱歩は「蓄膿症が私の創作力を台なしにすると考えることは、作家としての私にとっては、恐怖すべき絶望でしかない」と記すいっぽう、デビュー前から蓄膿症だったし、症状が軽い時期にも書けなかったのだから、あまり関係なかったかもしれないとも記しています。日本の探偵小説の父である乱歩の自伝的回顧録が蓄膿症への考察で締めくくられているのは、はたから見ると少々滑稽なような不思議なような気もしますが、それほど乱歩にとっては重要な問題だったのでしょう。ですが、私たち読者からすれば、蓄膿症と作品が関係あろうがなかろうが、充分すぎる傑作の数々を乱歩が残してくれたことだけはたしかです。

地底のパノラマ国
【ちていのぱのらまこく】

『影男』には、『パノラマ島綺譚』に出てくるのとよく似た幻想的なパノラマ王国が登場します。違う点は、都内の荻窪の少し先の大きな屋敷の地下に広がっていることと、50万円の入場料をとる営利施設であることです。『影男』が発表された昭和30年の大卒初任給が約1万1,000円ですので、50万円はかなりの高額。色白でよく太り、異常に赤い唇をしたチョビ髭の紳士が経営しています。ただし、彼が50万円で本当に売っていたものは、恋焦がれながらも身分が高すぎるなどの理由で、どうし

ても手出しができない女性をさらって来て、依頼者の男性の思いを叶えさせるというものでした。いわば、恋人誘拐引き受け業です。50万円はその代金で、パノラマ王国はおまけのサービスのようなものです。

智的小説刊行会
【ちてきしょうせつかんこうかい】

作家になる前、なんの職業をやってもうまくいかない乱歩が『グロテスク』という探偵小説雑誌を出版しようと計画し、そのために設立した会。まず会員を募集して前金を取り、その資金で雑誌を作ろうというはなはだ虫のいい目論見でしたが、実際に読売新聞に会員募集の広告を出したというのですから実行力だけは立派です。乱歩には極度の厭人癖があるいっぽう、このように人集めをして会などを作ろうとする不思議な積極性が若いころからありました。戦後の乱歩は前者が引っ込み、後者の面のみが表に強く出るようになります。ちなみに、広告には、ほとんど反応がなかったそうです。

着色死体【ちゃくしょくしたい】

愛する女性の遺体が、どんどん腐敗していくことに耐えられなくなり、自分をごまかすために必死に絵具を塗った死体のこと。「着色死体」という表現が、なんとも直截すぎて、悲しくも滑稽です。『蟲』より。

中曾夫人ロウ人形館
【ちゅうそふじんろうにんぎょうかん】

『仮面の恐怖王』に出てきたロウ人形館。中曾夫人という35、6歳の美しい婦人が館長を務めていました。もちろん、有名なロンドンのマダム・タッソーの蝋人形館のもじりです。「ちゅうそ」はタッソーのフランス語風読み。中曾夫人ロウ人形館に、アメリカのアイゼンハワー、ソ連のフルシチョフ、中国の毛沢東、日本の岸信介の蝋人形が並んで飾られているのが、時代を感じさせます。

「超エリートと美人OLの失楽園！」
【ちょうえりーととびじんおーえるのしつらくえん！】

平成10年にテレビ朝日系の「土曜ワイド劇場」枠で放送された乱歩原作ドラマにつけられたサブタイル。正確には、「エリート官僚の誤算　古井戸から蘇る謎の死体　超エリートと美人OLの失楽園！　古井戸の底から生き返った謎の死体が愛欲の完全犯罪を暴く」というものです。これを見ただけでは、どの乱歩作品かまったくわかりません

が、答えは風間杜夫・主演の「十字路」。

「超・少年探偵団NEO」
【ちょう・しょうねんたんていだんねお】

平成29年にTOKYO MXで放送されたテレビアニメ。原案は乱歩の「少年探偵団」シリーズですが、舞台は22世紀の東京で、7代目・小林少年、7代目・明智小五郎、7代目・怪人二十面相などが活躍するオリジナル作品です。令和元年には実写映画「超・少年探偵団NEO ― Beginning ―」も公開されました。

張ホテル【ちょうほてる】

張ホテルと目される建物

昭和9年の年頭、乱歩は自宅を離れ放浪生活を送っていました。このとき長逗留していたのが、麻布区（現在の港区）のチェコスロバキア公使館のそばにあった中国人の経営する張ホテルです。木造2階建ての洋館で、美少年のボーイがいたと乱歩は記しています。『影男』には同名のホテルが登場し、『緑衣の鬼』には麻布の高台にある劉ホテルが登場します。乱歩自身の体験が反映されているのでしょう。

チンピラ別働隊
【ちんぴらべつどうたい】

良家の子女で構成されている少年探偵団には、夜間は外出できない、学業優先、親の承諾を得ないと活動できないなど、さまざまな制約がありました。そこで、戦争で親を亡くして上野公園などで野宿をしていた浮浪児たちを小林少年が集めてきて結成されたのがチンピラ別働隊です。この名称は「シャーロック・ホームズ」シリーズに登場し、ホームズを手助けする浮浪児たちの集団「ベイカー街遊撃隊（ベイカー街不正規連隊）」を参考につけられました。「少年探偵団」シリーズの戦後第1作『青銅の魔人』から登場。チンピラ別働隊の隊員たちは、普段は廃品回収などをしながら生計を立てており、なにか事件が起こると、明智小五郎や小林少年に呼び出されて活動します。……なんだか、いいように利用されているような気がしなくもありませんし、明智は大物政治家などにも顔が利くのですから、もう少し面倒を見てやればいいのにと思わなくもありません。ただ、後年の作品では明智の口利きで食料品店で働くようになった隊員もいたので、まったく世話をしなかったというわけではないようです。

通天閣【つうてんかく】

女賊・黒蜥蜴が宝石「エジプトの星」

の受け渡し場所として指定した建物。いまも大阪のシンボルとなっている通天閣ですが、本作に登場するのは明治45年に建てられた初代です。パリの凱旋門にエッフェル塔の上半分を乗せたような特異な外観で、高さは約75メートルでした。昭和18年に火災により損壊したため取り壊されましたが、昭和31年に現在もある2代目が建てられました。

筒井康隆【つついやすたか】

作家。代表作は、『俗物図鑑』、『大いなる助走』、『虚航船団』、『残像に口紅を』など多数。スラップスティックから現代文学まで幅広い作風の筒井ですが、小学生のころに乱歩作品を愛読。昭和35年に父と弟らとともに出したSF同人誌『NULL』が乱歩の目に留まり、乱歩の主宰する雑誌『宝石』に筒井の短編『お助け』が転載されました。これがきっかけとなり、作家デビューを果たしています。

恒川警部【つねかわけいぶ】

『吸血鬼』で明智小五郎とともに事件解決に尽力した警部。警視庁捜査一課長。『人間豹』でも、探偵犬シャーロックを明智に貸すなどして協力しました。

T埋立地【てぃーうめたてち】

東京湾のTという工業地帯の埋め立て地に、黒蜥蜴の隠れ家があります。彼女はその地底に広大な美術館を造り、盗んできた名画や宝石、工芸品などを飾っていました。東京湾にある工場街のT埋立地というと一瞬、豊洲のことかと思いますが、『黒蜥蜴』が発表されたのは昭和9年で、豊洲という地名がはじめてついたのは、その3年後の昭和12年。恐らく、T埋立地は月島のことです。

T原【てぃーはら】

『黒手組』で、犯人が指定した身代金の受け渡し場所。戸山ヶ原のことで、明治7年以降、陸軍の射撃場・練兵場になっていました。現在の東京都新宿区のほぼ中央部にあたり、戸山という町名も残っています。乱歩お気に入り

の場所だったようで、黄金仮面の隠れ家や、二十面相の隠れ家も戸山ヶ原にありました。また、『闇に蠢く』の主人公のアトリエもここにあります。乱歩作品における戸山ヶ原とは、ほぼ「寂しい土地」と同義語です。

現在の戸山公園

鉄人Q【てつじんきゅー】

『鉄人Q』に登場するロボット。人間そっくりの白い顔をしていて、服を着ていると遠目では人間と区別がつきません。また、電気で動くのではなく、発明者自身の言に従えば、「切れるということがない」特別な力で動いているとのこと。ようするに、永久機関で動いていることになるので、これが本当なら驚きです。電人Mとは違い、こちらは本物のロボットと、いつものあの怪人が化けたものの2種類がいました。

鉄道ホテル【てつどうほてる】

その後、果てしなく戦い続ける明智小五郎と怪人二十面相が、シリーズ第1作の『怪人二十面相』で、はじめて直接顔を合わせたのは東京駅の鉄道ホテルの一室でした。この鉄道ホテルは、

現在も東京駅丸の内側駅舎で営業している東京ステーションホテルのことです。開業は大正4年。明智と二十面相が対決した部屋と目される旧216、218号室は、平成24年にホテル全体が改装されるまで「江戸川乱歩の部屋」と呼ばれていました。

現在の東京ステーションホテル

「でも人間だとすると、骸骨よりも恐ろしいよ。化けものや幽霊よりも、もっと恐ろしいのだよ」
【でもにんげんだとすると、がいこつよりもおそろしいよ。ばけものやゆうれいよりも、もっとおそろしいのだよ】

『サーカスの怪人』での小林少年のセリフ。これは、紛れもない真実でしょう。犯罪をするのも、戦争をするのも、差別をするのも、骸骨や化けものや幽霊ではなく人間です。子供たちが知っておくべき、非常に教育的な至言といえます。

寺山修司【てらやましゅうじ】

歌人、劇作家。寺山は随筆のなかで、もっとも影響を受けた書物として「まず思い浮かんでくるのは江戸川乱歩の

『怪人二十面相』シリーズ。とりわけ、その第一冊目の『少年探偵団』である」と記しています。他のエッセイなどでも、二十面相や小林少年などに、たびたび言及しました。また、『盲人書簡・上海篇』や『ガリガリ博士の犯罪』といった戯曲のなかでも、それら乱歩作品が重要なキーワードとなっています。

「テレビ探偵団」
【てれびたんていだん】

昭和61年から平成4年までTBS系で放送されていたバラエティ番組。毎回、昔のテレビ番組や懐かしいテレビCMを取り上げて、ゲスト出演者が思い出を語るというものでした。オープニングで流れた番組テーマ曲は、〈ぼ、ぼ、ぼくらはテレビ探偵団♪〉という、ラジオドラマ「少年探偵団」主題歌の替え歌。

転居通知【てんきょつうち】

昭和2年に東京市牛込区（現在の新宿区）内で引っ越しをした乱歩は、そのさい出した転居通知のなかで「近年非常に健康を害して居りますので、小説

の執筆は当分休むことに致しました」と記しています。ですが、とくに重い病気を患っていたわけではありません。このとき乱歩は創作に行き詰まっていて、羞恥、自己嫌悪、人間憎悪から放浪の旅に出る決意をしていました。それを転居通知のなかでほのめかしたのです。以後乱歩は、ほぼ1年間妻子のもとに帰りませんでしたが、ちょうどそのころ長男が小学校に入学していますので、父親としてはなかなかの行動です。

『天井裏の密計』
【てんじょううらのみっけい】

『空気男』に登場する架空の探偵小説。天井の節穴から毒薬をたらすという内容で、もちろん『屋根裏の散歩者』のセルフ・パロディです。

電人M【てんじんえむ】

『電人M』に登場するロボット。胴体も手も足も、黒い鉄の輪が何十となく重なり合ったような姿をしていて、ふたつの赤い目がチカチカと点滅しています。電人とは「電気の人間」という意味ですが、本物のロボットではなく、正体はいつものあの怪人です。

伝説【でんせつ】

デビューしてすぐに乱歩は人気作家の仲間入りをしますが、それにともない特異な作風からの連想で作者自身にかんする根も葉もない噂や伝説が独り歩きするようになりました。いわく、昼間から雨戸を閉め切った真暗な部屋の中で蝋燭の灯りで書いている、書斎には血みどろの生首が飾ってある云々。

はてには、写真を撮るときは禿頭に墨を塗って撮る、青ッ洟をずるずると垂らし、あおむけに転がって手足を痙攣させながら小説を書いているというものまで。……この虚像に乱歩は呆れ、憤ったものの、わざわざ窓のない部屋を作って昼間でも電燈をつけて執筆していたのは事実です。また、さすがにあおむけでは書けないでしょうが、ときにはうつ伏せ状態で書くことはあったようで、友人宛の手紙のなかで「腹這いで書くのは小生は十五六年来のベテランです」と自慢にならない自慢をしています。

東栄館【とうえいかん】

『屋根裏の散歩者』で、主人公の郷田三郎が暮らしている2階建ての下宿屋。中央の庭を囲んで、そのまわりに枡形に部屋が並んでいるような造りをしています。

東京タワー【とうきょうたわー】

乱歩作品には、さまざまな東京のランドマークが登場しますが、東京タワーはあまり出てきません。これは、東京タワーが完成したのが昭和33年と、乱歩の晩年にあたるためです。そ

れでも、昭和34年に発表された『かいじん二十めんそう』や昭和35年に発表された『電人M』には早速登場しています。

当分小説は書かない
【とうぶんしょうせつはかかない】

昭和34年に発表された『ぺてん師と空気男』は、原稿用紙230枚ほどの作品で、乱歩が1年ほど前から心中で温めていた題材を一気に書き上げたものです。それはいいのですが、乱歩は本作を書き終えた直後、「これでまた当分小説は書かないつもりである」と断言。そんなことをいわれても困ります。ですが、実際この作品が乱歩にとって最後の一般向け長編小説となりました。

『ドクターＧの島』
【どくたーじーのしま】

高階良子の少女漫画で、原作は乱歩の『孤島の鬼』。少女漫画誌『なかよし』のコミックスで出ているのが、なんとも不思議な感じがします。ですが、高階は『黒とかげ』（原作『黒蜥

蝎』)、『血とばらの悪魔』(原作『パノラマ島綺譚』)と、他の乱歩作品も漫画化しており、どれも同コミックスから出ています。

豊島区Ｉ駅の大踏切
【としまくあいえきのおおふみきり】

踏切で事故を起こしたオープンカーから放り出された裸女の石膏像の中に、本物の美女の死体が塗り込められていた、という場面から『地獄の道化師』の物語ははじまります。豊島区Ｉ駅とは池袋駅のことと思われます。かつては北口に踏切がありました。

ドストエフスキー
【どすとえふすきー】

青年期の乱歩が谷崎潤一郎と並んで、

もっとも愛読した19世紀ロシアの作家。多くの作品で神と人間の関係を主題とし、そこから必然的に導き出される人間の「悪」や「愚かさ」を探求。そして、その表出である「犯罪」や「狂気」などを書き続けました。代表作は、『白痴』、『悪霊』、『カラマーゾフの兄弟』など。乱歩の『心理試験』は、ドストエフスキーの『罪と罰』から直接的な影響を受けて書かれたものです。また、乱歩は『スリルの説』という随筆のなかで、ドストエフスキー作品の魅力について熱く語っています。

土蔵【どぞう】

昭和9年に池袋の立教大学に隣接する邸宅に引っ越した乱歩は、そこを終の棲家としました。庭には2階建ての土蔵があり、1階の全部と2階の3分の1が天井までの本棚となっています。蔵書は約4万冊。現在、この土蔵は豊島区指定有形文化財に指定されています。

殿村弘三【とのむらこうぞう】

『妖怪博士』に登場した私立探偵。背中がふくれ上がり、上半身がふたつに

折れたように曲がっていて、顔だけが鎌首をもたげたように空を向いているという異様な風体をしています。機密書類が盗まれた事件で被害者がすでに明智小五郎に依頼しているにもかかわらず、自分のほうが適任だと強引に乗り出してきました。殿村いわく「あんな青二才の腕で、この事件の謎が解けると考えておいでなのかな。ウフフ……、とてもとても、この犯罪は明智の未熟な腕に合いませんわい」とのこと。結局、ふたりの探偵は3日のうちに事件を解決するという条件で競い合うことになります。

トリスバー乱歩
【とりすばーらんぼ】

トリスバーとは、サントリーのウイスキー「トリス」のハイボールを飲ませる店として昭和30年ごろから全国に広まり、サラリーマンや学生の人気を集めたバーのこと。乱歩は知人に頼まれ、新橋駅西口仲通りと神田須田町電車通りに新規開店する2店に自分の名前を貸すことを承知しました。こうして「トリスバー乱歩」が開業。有名人にはありがちなエピソードです。ちなみに、乱歩は店に出資したわけではなく、なんの利害関係もありませんでしたが、よく知らない人からは愛人にやらせているのだろうと誤解されて閉口したそうです。

『トリック映画論』
【とりっくえいがろん】

作家デビューをする前、映画監督になりたいと考えた乱歩は『トリック映画論』という論文を書き、各映画会社に送ったそうです。しかし、どこからも反応はなく、この夢はあえなく挫折しました。

「TRICKSTER ―江戸川乱歩「少年探偵団」より―」
【とりっくすたーえどがわらんぼしょうねんたんていだんより】

平成28年から翌年にかけてTOKYO MXなどで放送されたテレビアニメ。乱歩の「少年探偵団」シリーズが下敷きですが、時代設定は近未来で、小林少年が「死ねない身体」という設定になっていたり、明智小五郎に元傭兵の過去があるなど、オリジナル作品になっています。

乱歩は作家としてデビューする前に本郷区（現在の文京区）の団子坂で古本屋を営んでいたことがあり、昭和9年に転居し、終の棲家となったのは豊島区池袋だった。このように城北は乱歩にとって縁深いエリアだ。明智小五郎がはじめて登場した『D坂の殺人事件』の「D坂」とは、団子坂のことと考えられている。

巣鴨

『盲獣』

大内麗子のバラバラ殺人事件現場。

池袋・王子間の明治通り

『怪人二十面相』

二十面相の乗る車がパンクする。

池袋

『地獄の道化師』

石膏像入りバラバラ死体が大踏切で発見される。

大塚二丁目（大塚辻町）

『防空壕』

空襲の夜、市川清一が「美女」と一夜を過ごす。

神田川

『猟奇の果』

女性の左手首が発見される。

※国土地理院・地理院地図を使用しています。

それは九月初旬のある蒸し暑い晩のことであった。私は、D坂の大通りの中程にある、白梅軒という、行きつけのカフェで、冷やしコーヒーを啜っていた。

——『D坂の殺人事件』より

荒川区某所（尾久）

『影男』

影男が古井戸を利用して死体を処理する。

千住大橋

『化人幻戯』

橋から1キロ下流地点で、画家の讃岐丈吉が溺死体で発見される。

千駄木（本郷区団子坂）

『D坂の殺人事件』

古本屋の細君が密室で絞殺される。若き日の明智小五郎は近隣の煙草屋の二階で下宿。

東京大学医学部

『黒蜥蜴』

死体置き場から解剖実習用の死体が積み出される。

「ナアニ、なんでもありゃしない。世間を相手に戦うのが、わしには面白くて堪(たま)らんのだからね」

【なあに、なんでもありゃしない。せけんをあいてにたたかうのが、わしにはおもしろくてたまらんのだからね】

『人間豹』で、凶暴な人間豹・恩田の犯罪を陰ながら助け続けた父親のセリフ。善悪は別にして、恩田の父の息子への愛情は非常に深いものでした。人間豹は、恩田の父と雌豹の人獣混血の結果生みだされたのかもしれないと、作品内では語られています。

ナイヤガラの滝【ないやがらのたき】

乱歩作品では『孤島の鬼』や『白髪鬼』など、心労や恐怖のあまり一夜にして黒髪から白髪になってしまうというエピソードが時々出てきます。その際は、鉄製の樽の中に入ってナイヤガラの滝に飛び込んだ男が、命は助かったものの頭髪が真っ白になってしまったという実話風の逸話が併せて紹介されるのがつねです。ただ、このような現象は医学的にはあり得ないとされています。恐らく、エドガー・アラン・ポーの短編小説『メエルシュトレエムに呑まれて』が元ネタ。

直木三十五【なおきさんじゅうご】

作家。亡くなった翌年の昭和10年に創設された直木三十五賞（直木賞）は、現在も芥川賞と並ぶ文学賞として続いています。直木は映画製作も手がけており、昭和2年の初監督作品が乱歩原作の「一寸法師」。これは乱歩にとっても自作の初映像化でしたが、残念ながらフィルムは現存していません。

中島河太郎【なかじまかわたろう】

評論家。もともと教師でしたが、昭和22年に『探偵新聞』に連載した『日本推理小説略史』が乱歩の目に留まり、本格的な探偵小説評論の道に入りました。昭和30年、その乱歩が運営に深くかかわっていた雑誌『宝石』に連載された『探偵小説事典』で第1回江戸川乱歩賞を受賞しています。

中村警部【なかむらけいぶ】

「警視庁の鬼」と謳われた捜査第一課所属の第一係長で、中村捜査係長と呼ばれることも。フルネームは中村善四郎です。中期以降の明智物や「少年探偵団」シリーズで活躍しました。ときには、夜更けに広告気球に乗って上空から敵のアジトを監視するなど、体を張った捜査もしています。

波越警部【なみこしけいぶ】

『蜘蛛男』で初登場した、乱歩作品ではお馴染みの警部。警視庁捜査課に勤務。『魔術師』、『黄金仮面』、『猟奇の果』などでも活躍しました。警視庁随一の名探偵と謳われ、剣道二段の腕前ですが、「明智さん。あなたのご意見は？ 残念ながら、僕には、まるで見当がつきません」と、すぐに名探偵を頼りがちです。そんな波越にとって明智は無二の親友であり、唯一の相談相手ですが、明智のほうは波越から電話がかかってくると「ああ、また波越に決まっている。うるさいな」と、こぼすこともあります。

南無阿弥陀仏【なむあみだぶつ】

処女作『二銭銅貨』に登場する暗号で使われていた6文字。日本人の手による最初の探偵小説を書こうと意気込んでいた乱歩が、いかにも日本的な言葉で暗号を創ったところに、矜持と情熱を感じます。

ニコラ博士【にこらはかせ】

『超人ニコラ』に登場する怪老人。1848年のドイツ生まれの114歳を自称し、同じ顔をした人間を造りだして本物と入れ替えたり、空を飛んでみせたりしました。別名、超人ニコラ。もちろん、ドイツ人というのは嘘で、その正体はいつものあの怪人です。また、同じ顔をした人間を造るというのも、自分の手でやっていた訳ではなく、天才的ながら頭のおかしい一寸法師の整形外科医を雇って、やらせていました。

西村晃【にしむらこう】

俳優。昭和45年にテレビ東京系で放送されていた「江戸川乱歩シリーズ 明智小五郎」の第12話「白髪鬼」で、復

讐に燃える白髪鬼を嬉々として演じました。西村は昭和43年の映画版「黒蜥蜴」で的場刑事を、昭和53年にはテレビドラマ「江戸川乱歩の美女シリーズ」の第2作「浴室の美女」（原作『魔術師』）では魔術師こと奥村源造も演じています。独特の癖のある風貌は乱歩作品と相性が抜群。『妖虫』の老探偵・三笠龍介なども西村で観てみたかったものです。ちなみに、西村の父・西村真琴は日本初のロボットで、リアル青銅の魔人ともいうべき學天則の制作者として有名。自在に腕を動かしたり、表情を変えたりできた學天則は、昭和3年、昭和天皇即位を記念した大礼記念京都博覧会に出品され、当時大きな話題となりました。そして、この學天則は荒俣宏の小説『帝都物語』にも登場し、映画版では西村真琴を息子の晃が演じています。

學天則

「二十面相はどんなことがあったって、へこたれやしないぞ。敵が五と出せばこちらは十だ。十と出せば二十だ」

【にじゅうめんそうはどんなことがあったって、へこたれやしないぞ。てきがごとだせばこちらはじゅうだ。じゅうとだせばにじゅうだ】

明智小五郎に追い詰められた怪人二十面相のセリフ。負けず嫌いな子供じみた言いぐさですが、なんとなく応援したくなります。『少年探偵団』より。

ニセ明智小五郎
【にせあけちこごろう】

明智小五郎が登場する作品では、犯罪者が明智に変装し、本物と対決する場面がよく描かれます。ただ、『大暗室』では、ニセ明智だけ登場して本物は出てこないという非常に珍しいパターンでした。

二銭銅貨【にせんどうか】

明治6〜17年まで製造されていた硬貨。直径31.81 ミリ、厚さ2.3ミリ、重

に

さ14.26グラムと大型で、表面には龍の図像が彫刻されていました。あまりにサイズが大きく利用しづらかったため廃止されてしまいましたが、乱歩の処女作『二銭銅貨』では、その大きさを活かして、この中に暗号文が隠されます。

日東映画【にっとうえいが】

後期の乱歩作品によく出てくる架空の映画会社。『月と手袋』の登場人物である夕空あけみは、ここの専属女優でしたし、『妖人ゴング』にはこの会社の撮影所が、『鉄人Q』には丸の内の直営館が登場します。

二・二六事件【に・にろくじけん】

昭和11年2月26日、陸軍青年将校らが1483名の下士官兵を率いて起こしたクーデター未遂の二・二六事件が発生しました。この事件について乱歩は後年、「自由主義、個人主義没落の前兆既に歴然たり。唯美主義の如きは消えてなくなる時代がはじまった。ただでさえ創作欲を失いかけていた私は、このころよりして愈々意気揚らず」と記しています。

韮崎庄平【にらざきしょうへい】

太平洋戦争の最中であるにもかかわらず、敵国アメリカの大統領ルーズベルトの写真を額に入れて自宅に堂々と飾って暮らしている怪人物。かと思うと、みずから発明した超小型の火炎放射器で、その写真を燃やしてしまうなど得体がしれません。『偉大なる夢』に登場。

人魚【にんぎょ】

平成5年にTBS系で放送された「美しき悪女の伝説 黒蜥蜴」は、乱歩の『黒蜥蜴』のドラマ化作品です。女賊・黒蜥蜴に岩下志麻、明智小五郎に伊武雅刀を配したほか、津川雅彦、谷啓と出演陣はなかなか豪華。しかし、岩下の黒蜥蜴はトカゲだけど人魚に改造され、海の彼方に泳ぎ去るという原作完全無視の驚愕のラストで視聴者を唖然とさせました。……なんだか「ドラえもん のび太の恐竜」を観たような気分になったものです。ただ、そのぶん強く記憶に残ったのも事実。

人形愛【にんぎょうあい】

生きている人間を愛せず、生命のない人形しか愛せないこと。キュプロス王のピュグマリオンがみずから彫り上げた人形を溺愛したというギリシャ神話の物語から、心理学用語ではピュグマリオニズムとも呼ばれています。乱歩の作品にはこの要素が濃厚で、その代表作が『人でなしの恋』です。あるい

は、『押絵と旅する男』も変形の人形愛の物語といえます。また、人形を愛するのではなく、生きている人間を人形にしたいというのも一種の人形愛で、『黒蜥蜴』における人間剥製はその表れといえるでしょう。「少年探偵団」シリーズの『魔法人形』も、人間が人形に変貌するお話です。乱歩自身はこの欲望について「逃避かもしれない。軽微なる死姦、偶像姦の心理が混じっていないとはいえぬ。だが、もっと別なものがあるように思われる」と語っています。

「人間椅子。……あんな小説家の空想が、果して実行出来るのだろうか」
【にんげんいす。……あんなしょうせつかのくうそうが、はたしてじっこうできるのだろうか】

椅子の中に人間を隠すという着想について、明智小五郎が呟いた言葉。もちろん、ここでいう人間椅子とは、乱歩自身の短編小説のことです。明智は『人間椅子』について、「全くお伽噺」、「荒唐無稽な空想」と、わりと酷いことを言っていますが、本編のほうでは結局、椅子の中に人間は入っていなかったのに対し、その後の乱歩作品では、たびたび実行に移されました。『黒蜥蜴』より。

人間椅子の実験
【にんげんいすのじっけん】

『人間椅子』の着想を思いついたとき、

本当に椅子の中に人間が入ることができるか気になった乱歩は、横溝正史を誘って神戸の家具屋に行きました。そして、いきなり店員に「椅子のなかに人間が隠れられるでしょうか」と、たずねたそうです。同行していた横溝は恥ずかしがったということですが、若き日のふたりの友情が伝わるいいエピソードです。

人間って、どうしてこんなに美しいのだろう
【にんげんって、どうしてこんなにうつくしいのだろう】

恐ろしい殺人鬼に命を狙われていることを知って怯えていながら、風呂場で自分の裸を見た途端、思わずうっとりしてしまった若い娘の内心の吐露。乱歩作品には、このような女性のナルシシズムに対するちょっと意地悪な視線が時おり見られます。『妖虫』より。

人間剥製 【にんげんはくせい】

女賊・黒蜥蜴は、さまざまな高価な美術品を盗み出しては地底の私設美術館に飾っていましたが、彼女の一番の自慢のコレクションは、若く美しい男女を殺して、そのまま剥製にした人間剥製でした。「生きていれば段々失われて行ったに違いないその美しさを、永遠に保って置くなんて、どんな博物館だって、真似も出来なければ、思いつきもしないのだわ」と、黒蜥蜴は興奮気味に語っています。ちなみに、深作欣二・監督の映画版「黒蜥蜴」では三

島由紀夫が喜々として人間剥製役を演じ、ボディービルで鍛えた自慢の肉体をスクリーンに誇示していました。

人間花火【にんげんはなび】

『パノラマ島綺譚』のラスト、犯罪が露見した主人公は、みずからを花火と共に打ち上げて、自身が作り上げたパノラマ王国にバラバラの肉片となって降り注ぎます。追い詰められたゆえの行動とも取れますが、やるべきことはすべてやった上での満足ゆえとも受け取れます。

ネコ夫人とネコむすめ
【ねこふじんとねこむすめ】

黄金豹を追って杉並区の森のなかにある西洋館に入り込んだ小林少年が出会った謎めいた母娘。『黄金豹』に登場。その屋敷では大き

さも毛色も違う猫を10匹以上も飼っていて、娘は10歳ぐらいでかわいらしい顔つきをしていますが、猫のような雰囲気をもっています。母親は30歳ぐらいの美しい人ですが、顔も体の動かしかたも猫そっくりです。どこか蠱惑的なこの母娘に翻弄された小林少年はもっていたピストルを抜き取られたうえに、床のしかけで地下室に落とされてしまいました。イギリスの怪奇作家A・ブラックウッドの『いにしえの魔術』や萩原朔太郎の『猫町』に通じるものを感じさせる場面です。

脳髄の盲点【のうずいのもうてん】

盲点とは、誰の眼にも存在する視野欠損部のこと。これのために、ある物が視野に入っていても、脳が映像として認識してくれないことがあります。そこから、目の前にあるのに、それに気づかないことを比喩的に盲点ということもあります。

乱歩は「脳髄の盲点」、あるいは「盲点」という言葉が好きで、多くの作品のなかで使いました。言われれば誰にでもすぐわかるような形で最初から明確に解答が提示され

に

ているのに、思い込みや錯覚から、なかなかそれに気づけないような謎を作りだすことこそが、探偵小説の神髄だからでしょう。

乃木大将の半身像
【のぎたいしょうのはんしんぞう】

の

乃木大将とは明治時代の陸軍大将・乃木希典のことです。日露戦争で旅順攻略の司令官を務めました。その石膏像を割った際に中から出てきた2冊の本が、『孤島の鬼』において事件の謎を解く重要な手がかりになります。

野末秋子
【のずえあきこ】

『幽霊塔』に登場する謎めいた美女。歳のころは24、5歳。あまりに欠点がなさすぎる顔立ちのため、どこか人工的にも見えますが、一方で汚れのない処女の面影もあります。また、つねに研ぎすました鋼鉄のように冷静ですが、その鋼鉄の内部では、ただならぬ火が燃えています。そして、何故かいつも左の手首を手袋や腕輪などで隠しています。

ノッポの松ちゃん
【のっぽのまっちゃん】

『青銅の魔人』で活躍したチンピラ別働隊の副団長。二十面相にいっぱい喰わせたあと、怪人に面と向かって「てめえ、まんまとだまされていたんだぜ。へへへへへへ、ざまあみろ」と言い放ちました。さすが、良い子ばかりの少年探偵団とは一味違います。

TOKYO RANPO MAP 城南

　城南エリアは山の手と下町が混在する土地だ。処女作『二銭銅貨』は、芝区（現在の港区）で起きた盗難事件が物語の発端となる。

> 大森の町を歩き廻ったのだが、ふと気がつくと、今まで一度も通ったことのない、まるで異国の様な感じの町筋に出ていた。
>
> ——『魔術師』より

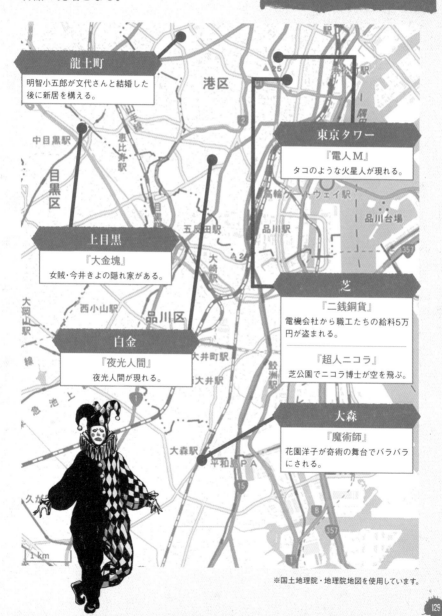

龍土町
明智小五郎が文代さんと結婚した後に新居を構える。

東京タワー
『電人M』
タコのような火星人が現れる。

上目黒
『大金塊』
女賊・今井きよの隠れ家がある。

白金
『夜光人間』
夜光人間が現れる。

芝
『二銭銅貨』
電機会社から職工たちの給料5万円が盗まれる。

『超人ニコラ』
芝公園でニコラ博士が空を飛ぶ。

大森
『魔術師』
花園洋子が奇術の舞台でバラバラにされる。

1 km

※国土地理院・地理院地図を使用しています。

ハートの5【はーとのご】

『怪人と少年探偵』で明智小五郎は、トランプのハートの5のカードを持つ女性の絵が印刷されたカレンダーに向かって拳銃を5回撃ち、絵のなかの5つの赤いハートを次々と撃ち抜いてみせました。ほとんど日活無国籍アクション映画のような場面です。

萩原朔太郎【はぎわらさくたろう】

詩人。大正6年に自費出版で刊行した第一詩集『月に吠える』が森鴎外の絶賛を受け、一躍詩壇の寵児となりました。乱歩は前々からこの詩人を敬愛しており、いっぽう萩原も大正15年に発表した『探偵小説に就いて』という一文のなかで乱歩を激賞していましたが、ふたりが交友をもつようになったのは昭和5、6年ごろからです。友人となった乱歩と萩原は、浅草公園で通行人を眺めながら思い出話をしたり、一緒にメリーゴーラウンドに乗ったり、内外の怪奇文学について語り合ったりしたそうです。萩原は乱歩の『パノラマ島綺譚』を高く評価しており、乱歩は萩原の『死なない蛸』と『猫町』につい

て後年に至るまで「私の今なお忘れ難い作品」と語っています。

白梅軒【はくばいけん】

『D坂の殺人事件』のなかで、「私」が明智小五郎と知り合ったD坂の大通りの中程にあるカフェ。これが明智の初登場でした。D坂とは現在の東京都文京区にある団子坂のこととされています。乱歩はこの地で、大正8〜9年、三人書房という古書店を営んでいました。

白宝堂【はくほうどう】

『青銅の魔人』で最初に青銅の魔人に襲われた銀座の時計店。深夜にショーウインドウを破られ、何十個もの懐中時計を強奪されました。

禿頭【はげあたま】

乱歩はすでに30代でかなり頭髪が薄くなっていて、作家として名を成したころには、すっかり禿げあがっていました。本人はイギリスの女流探偵作家アガサ・クリスティが生みだした禿頭の名探偵エルキュール・ポアロを引合いに出し、「それにしてもクリスチイ女史の審美眼は見上げたものだ。彼女の偶像は、彼女のヒーローは、禿頭ポアロだったのである。日本の女よ、禿頭乃至薄毛の男子が如何に憧憬されるべきであるか、見習うがよろしい」と強がっていますが、内心それなりに気にはしていたようです。大正15年に評論家の平林初之輔が乱歩について「一作

は

毎に頭の禿げるようなことを考え出す人であると、誰かが評していたが、実際思いつきが奇抜で、他人の追随を許さぬところ、氏の作品は天下一品である」と評していて、もちろん褒めているのですが、これを読んだ乱歩の気持ちは複雑だったかもしれません。

畑柳倭文子【はたやなぎしずこ】

『吸血鬼』に登場する25歳の若き未亡人。最初に登場したときは、柳の名字を名乗っていました。とても美しい顔立ちをしていますが、貧しい境遇に育ったためか、金銭と、それによって得られる栄誉に執着する一面があります。恋人を捨てて百万長者の畑柳と結婚したという過去があり、亡き夫とのあいだに茂という6歳の男の子がいます。唇のない怪人に何度も命を狙われました。

旗龍作【はたりゅうさく】

乱歩の『一寸法師』は明智小五郎が活躍する作品ですが、昭和30年に公開された映画版「一寸法師」では、なぜか明智の名が使われず、旗龍作という聞いたことのない名前の探偵が登場します。どう考えても明智の名前のほうが引きが強いと思うので、製作者の意図は謎。ちなみに、昭和21年に公開された乱歩の『心理試験』を原作とする映画「パレットナイフの殺人」も、原作には明智が登場するにもかかわらず、映画では川野という警部が事件の謎を解きます。

二十日会【はつかかい】

『覆面の舞踏者』に登場する秘密クラブ。ありきたりの道楽や遊戯に飽き果てた上流階級の紳士淑女が、猟奇的な刺激を得るために結成したものです。月会費は50円で、催しによってはその倍

は

以上の臨時費もかかります。本作が発表された大正15年の50円は、当時の大卒初任給と同じぐらいですので、かなり生活に余裕がないと会員にはなれないでしょう。

花崎マユミ【はなざきまゆみ】

明智小五郎の助手で、少年探偵団の顧問も務めている少女。『妖人ゴング』で初登場。幼いころから探偵に興味をもっており、高校卒業後、大学に入るのをやめて明智探偵事務所で働きだしました。通称「探偵団のおねえさま」。父親は検事の花崎俊夫ですが、謎なのは明智夫人である文代さんの姉の娘と紹介されていること。『魔術師』で明らかにされている文代さんの生い立ちを見るかぎり、彼女に姉はいないはずなのですが……。

馬場孤蝶
【ばばこちょう】

英文学者、評論家、翻訳家。大正10年以降、新聞雑誌などで海外探偵小説の紹介記事を書き、探偵小説にか

んする講演なども積極的に行いました。大正11年に神戸で孤蝶の講演を聞いた乱歩は感銘を受け、日本人初の探偵作家になる決意を本格的に固めます。そして、いっさい面識もなければ紹介者もいないにもかかわらず、いきなり孤蝶の自宅に自作の『二銭銅貨』と『一枚の切符』の原稿を送りつけました。

しかも、3週間経ってもなんの音沙汰もないと逆ギレし、「いますぐ原稿を返してくれ」という内容の手紙を出しています。……滅茶苦茶です。

「ハヤカワ・ポケット・ミステリ」
【はやかわ・ぽけっと・みすてり】

昭和28年から早川書房が刊行をはじめ、いまも継続している翻訳ミステリー専門の叢書。愛称はポケミス。このシリーズの立ち上げに乱歩は深く関わっており、初期のラインアップには乱歩の意志が大きく反映されました。そのため、裏表紙に「江戸川乱歩監修　世界探偵小説全集」と

記されていた時期もあります。また、乱歩は刊行当初から昭和30年までの多くの巻で解説文を執筆。それらはのちに『海外探偵小説作家と作品』としてまとめられました。

シリーズは本来、翻訳ミステリーのみを収録しているが、近年は例外的に日本のミステリー作品もいくつかラインアップされている

バラバラ殺人
【ばらばらさつじん】

『影男』ではバラバラ殺人について「こんなにおろかな手段はありません。いくら離ればなれに隠したって、発見されることは同じです。なるほど、死体鑑別には少々骨が折れるが、一部分でも発見されれば恐ろしいセンセイションをまき起こすので、警察は全力を尽くして捜査することになり、結局は犯人が見つかってしまいます」と語られています。……至極ごもっともですが、乱歩作品ではたいていの犯罪者が死体をバラバラにします。

貼雑年譜【はりまぜねんぷ】

昭和16年に戦争のせいで実質的に全作

品が絶版となった乱歩は、それまでためこんできた自身にかんする蒐集物を年代順に整理してアルバムに貼り、貼雑年譜と名づけました。別名、貼雑帖。貼られているのは、子供時代に作った雑誌『中央少年』から、日記、自筆イラスト、写真、手紙、生原稿、メモ書き、新聞・雑誌の切抜き、チラシやパンフレット、自著の新聞広告など。さらには、三重県名張町の生家から終の棲家となった東京池袋までの46回の転居をすべて手書きの地図入りで記録し、それぞれの家の間取りまで自筆で丁寧に描きこんでいます。この貼雑年譜の制作は戦後もコツコツと続けられ、最終的には全9巻にまで達しました。……ある意味、乱歩のもっとも狂気を感じさせる側面です。

バロン吉元【ばろんよしもと】

漫画家。代表作である大河漫画「柔侠伝」シリーズで昭和40年代の劇画ブームを牽引しました。平成11年に乱歩の『陰獣』の漫画化を手がけています。

133

犯罪者的素質
【はんざいしゃてきそしつ】

青年時代の乱歩は勤め人の生活が死ぬほど嫌で、自殺をするか、もしくは泥棒になることを考えたといいます。また、欲しいものを取ったり、嫌な奴を殴ったり、好きな人に接吻したりするのは人間の自然な欲望であり、それを「犯罪」とするのは、「大人が例の世渡りの便宜上勝手に作ったものである」ともいっています。それでも実際の犯罪者にならなかったのは、探偵小説で犯罪を書くことで救われたからとのことです。乱歩は随筆のなかで、「小説の中ではどんな残虐なことでもやる。これが動物的慾望への安全弁となったのだろう」と記しています。そして、「私は前記のような普通生活の不適者であったから、探偵小説という道を発見しなかったら、或いは本当の犯罪者になっていたかもしれないと、よく思うのである」とも記しました。……ちなみに、この随筆『私は、犯罪者的素質を持っていた』は、犯罪者や非行少年の更生保護を目的とする専門誌『更生保護』に掲載されたものです。書いた乱歩も依頼した編集部も勇気があります。

犯罪者のプロパガンダ
【はんざいしゃのぷろぱがんだ】

プロパガンダとは、「主義や思想についての政治的宣伝」を意味するラテン語です。『恐怖王』では、恐怖王の自己宣伝が「犯罪者のプロパガンダ」と呼ばれました。その方法は、恐怖王という自分の名前を、死体に入れ墨をする、米粒にびっしり書き込んで脅迫相手に送る、飛行機からの煙幕で空中に書く、砂浜に足跡で刻むなど、やけに手の込んだものばかりですが、労力の割に効果はかなり限定的でした。

万能鍵【ばんのうかぎ】

銀色の針金のようなもので出来ていて、これを鍵穴に挿し込んでガチャガチャやると、どんな頑丈な錠前も開いてしまうという便利な道具。明智小五郎が発明したもので、探偵七つ道具のひとつとして小林少年ももっていました。ただ、ほぼ泥棒の道具と変わらないので、この鍵はどんな親しい人にも見せない明智と小林少年だけの秘密ということになっています。

BDバッジ【びーでぃーばっじ】

少年探偵団の正式な団員であることを示す徽章であると同時に、探偵団の七つ道具のひとつ。初登場は、シリーズ第2作『少年探偵団』です。大きさは五十銭銀貨程度とあるので、直径23.5ミリぐらい。鉛製で重く、表面に「Boy

Detective（少年探偵）」の頭文字であるBとDを模様のように組み合わせた図案が彫られています。このバッジの用途は10もあるとされ、作中では例として以下の4つの使い方が紹介されました。武器として敵にぶつける。捕らわれたときに裏にナイフなどで文字を刻み、窓や塀の外に投げて通信する。紐に結びつけて水の深さや物の距離を測る。誘拐されたときなどに道にそっと落として、連れ去られた方角を知らせる目印にする。……ただ、シリーズ中で上記4つ以外の使われ方をされることがなかったため、残り6つの用途は不明。また、通信手段（それも裏に直接刻むのではなく、メッセージを書いた紙でくるんで投げる）か、方角の目印としての使われ方がほとんどでした。それでも、BDバッジは戦前戦後を通して少年少女の読者にとって、喉から手が出るほど欲しい憧れのアイテムだったことは間違いありません。筆者自身、いまだに欲しいです。

『秘中の秘』【ひちゅうのひ】

乱歩がはじめて探偵小説に関心をもつきっかけとなった作品。大阪毎日新聞に菊池幽芳の翻案で連載されていて、小学3年生だった乱歩は毎日母親に読み聞かせてもらっていたとのことです。あまりに夢中になったため、学校の学芸会でこの小説について語る講演までやりましたが、いまひとつウケなかったと乱歩自身は語っています。ちなみに、『秘中の秘』は海外小説の内容を日本に置き換えた翻案小説で、原作者はイギリスのウィリアム・ル・キューです。

引っ越し魔【ひっこしま】

初登場時の明智小五郎はD坂（現在の東京都文京区にある団子坂がモデル）の煙草屋の2階に下宿していましたが、探偵としての名声を獲得すると御茶ノ水の開化アパートに転居し、探偵事務所を開設。その後、麻布区（現在の港区）龍土町の小ぢんまりとした白い西洋館に越したかと思えば、麹町区（現在の千代田区）三番町や采女町に引っ越すなど、東京市内を転々としています。乱歩自身も生涯で46回も転居を繰り返した引っ越し魔でした。

ピッポちゃん【ぴっぽちゃん】

小林少年がもっている探偵七つ道具のひとつである伝書鳩の名前。怪人二十面相に監禁された小林少年は、

ピッポちゃんを使って警察に連絡を取ることで救い出されました。作中では「ピッポちゃんは、少年探偵のマスコットでした。彼はこのマスコットと一緒にいさえすれば、どんな危機に遭っても大丈夫だという、信仰のようなものを持っていたのです」とまで書かれていますが、『怪人二十面相』で一度登場したきり、ピッポちゃんは出てこなくなります。

人見廣介【ひとみひろすけ】

『パノラマ島綺譚』の主人公。私立大学の哲学科を卒業していますが、学生時代はほとんど授業に出ず、文学、建築学、社会学、経済学などを興味の赴くままにかじり、またときには油絵の道具など買い込んで絵描きの真似事をすることもありました。卒業後はまともに就職もせず、翻訳の下請けや売れない小説を書いて糊口をしのいでいましたが、そんな味気ない生活のなかで彼が日々夢想していたのは、自分なりのユートピアを思うがままに作り上げることです。「若し俺が使いきれぬ程の大金を

手に入れることが出来たらばなあ。先ず広大な地所を買い入れて、それはどこにすればいいだろう。数百数千の人を役して、日頃俺の考えている地上の楽園、美の国、夢の国を作り出して見せるのだがなあ」というのが、彼が頭のなかで繰り返していたことでした。そして、ひょんなことからその夢の実現の機会を得ます。彼はとことん「夢見る男」でした。

一人の芭蕉【ひとりのばしょう】

つねに合理的な解決を求められる探偵小説は、合理では割り切れない人間や世界を描くことを目的とする文学とは相容れない部分を本質的にもっています。初期の探偵小説界では、探偵小説は謎解き小説としての本道を行くべきだという派と、探偵小説といえども文学のひとつなのだから文学の本道を目指すべきだという派のあいだに、激しい論争が繰り広げられました。戦前は前者の代表として甲賀三郎、後者の代表として木々高太郎のあいだに論争が起こり、戦後は乱歩と木々が論争の主役を務めています。議論自体はすれ違いも多く、あまり建設的なものにはなりませんでしたが、それでも「探偵小説はどうあるべきか」、

ひ

「文学とはなにか」という議論からは
ジャンルの成立期らしい熱気を感じら
れますし、こういったある種の青臭さ
はけっして馬鹿にするようなことでは
ないでしょう。乱歩自身は本来、探偵
小説も可能な限り文学を目指すべきと
する「文学的本格論」という穏当な立
場でしたが、究極的なところでは「探
偵小説を意図して書かれた以上、それ
は本質的には芸術ではないという気が
どこかでする」と言わざるをえません
でした。それでも、もともと庶民の言
葉遊びに過ぎなかった俳諧を一個の芸
術にまで高めた松尾芭蕉のような存在
が探偵小説界に現れれば、一流の探偵
小説であると同時に一流の文学である
ような作品が生まれる可能性はあると
いう夢は捨てていませんでした。乱歩
の随筆『一人の芭蕉の問題』は、「百
年に一人の天才児が生涯の血と涙を
もって切り開く人跡未踏の国。ああ、
探偵小説の芭蕉たるものは誰ぞ」とい
う感動的な一文で締めくくられていま
す。果たして探偵小説界に「一人の芭
蕉」は現れたのでしょうか……。

一人乗りヘリコプター
【ひとりのりへりこぷたー】

怪人二十面相の奥の手のひとつ。背負
うタイプのこの超小型ヘリコプターは
『宇宙怪人』で初お目見えして以降、
二十面相が窮地から脱出するときや、
空を飛ぶ奇跡を見せびらかすさいなど
で頻繁に使われました。作中では「こ
のキカイは、一年ほどまえ、フランス
人が発明して、パリのこうがいで、飛

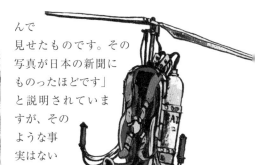

んで
見せたものです。その
写真が日本の新聞に
ものったほどです」
と説明されていま
すが、その
ような事
実はない
ようです。

『火縄銃』のトリック
【ひなわじゅうのとりっく】

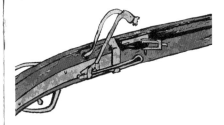

乱歩が作家になる前の学生時代、大
正5年ごろに書いた習作『火縄銃』に
は、太陽の光とレンズによるトリッ
クが使われています。同様のトリッ
クはアメリカの探偵作家ポストの
『ズームドルフ事件』でも使用されて
いて、後年そのことを知った乱歩は、
どちらのほうが早かったのか気にし
ていました。残念ながらポストの
作品のほうが少しだけ早いようです。

「ビブリア古書堂の事件手帖」
【びぶりあこしょどうのじけんてちょう】

三上延による小説のシリーズ。古書
店店主の栞子が客の持ち込んだ古書
にまつわる謎を解いていきます。4巻

ひ

は一冊丸々、乱歩がテーマになっている長編で、『孤島の鬼』や「少年探偵団」シリーズ、『押絵と旅する男』などが扱われました。

平田東一【ひらたとういち】

『蜘蛛男』に登場した不良青年。はじめは蜘蛛男の出したセールスマン募集の広告に騙され、普通の仕事だと思って彼の下で働いていましたが、なぜか蜘蛛男と気が合ってしまい、凶悪犯罪と知りながら手伝うようになりました。仲間を作らないことを信条としてきた蜘蛛男も彼にだけは気を許し、ただひとりの腹心の部下とします。物語の最後、追い詰められた蜘蛛男は平田に大金を与え、逃げるよう勧めますが、平田は「思う存分遊んで、半月もしたら、先生のあとから行きます。地獄で御眼にかかりましょう」と逃げようとはしません。蜘蛛男がさらに「俺は君を道連れにしたくはないよ」、「硫酸で顔を焼けば、東京にだっていられるのだし」と言葉を重ね、再度逃げることを勧めても、「エエ、それも気が向けばです。僕は明日のことを決めるのが嫌いなんです。どうにかなりますよ」と、どこ吹く風。年齢も立場も性格も違うふたりの犯罪者の友情は少し感動的ですし、平田のノンシャランな不良青年ぶりも妙に印象に残ります。

ファンレター【ふぁんれたー】

人気作家となった乱歩のもとには愛読者から山ほどファンレターが送られてくるようになりました。ですが、特異な作風の影響もあってか、その中身はなかなか強烈なものが多かったようです。暗号で書かれた手紙や骸骨マークのついた暗殺予告の脅迫状などは、まだ探偵小説ファンらしいかわいらしいものですが、サディスト、マゾヒスト、糞便嗜好者、同性愛者などから自分の性癖を延々と告白するような手紙も頻繁に送られてきたとのこと。ただ、乱歩はそれらの手紙をどこか楽しんでいて、稀には返事を書くこともあったといいます。

フィガロ【ふぃがろ】

明智小五郎が愛飲していたエジプト煙草。ローレンス社製で昭和初年には100本入りで18円でした。『魔術師』のなかには、「彼の好きな『フィガロ』という珍しい紙巻煙草を、しきりに灰にしていました」という一文があります。また、『二銭銅貨』でも冒頭の盗難事件の重要な手がかりとなり、『影男』でも影男が地底のパノラマ王国でこれを吸う場面がありました。

深くものを考えるときの癖
【ふかくものをかんがえるときのくせ】

明智小五郎は深くものを考え込むとき、安楽椅子にもたれたまま、好きなエジプト煙草をひっきりなしに吹かすという癖があります。

深作欣二【ふかさくきんじ】

映画監督。「仁義なき戦い」シリーズなどの実録ヤクザ物をはじめとする暴力と犯罪を題材にした男性娯楽映画が得意な深作ですが、昭和43年に公開された美輪明宏主演の映画「黒蜥蜴」で監督を務めています。原作にはない深作らしいカーチェイスシーンは、ご愛嬌。また、深作は奥山バージョンの「RAMPO」で劇中映画「怪人二十面相」の監督役で出演していますが、これは当時、実際に深作監督で「怪人二十面相」を撮る企画が進んでいたためです。この時点でのキャスト候補は、怪人二十面相役に田村正和と木村拓哉、明智小五郎が佐藤浩一とのこと。ただ、深作は「仁義なき戦い」シリーズを撮り終えた直後から「怪人二十面相」の企画を温めていて、最初は菅原文太の二十面相、金子信雄の明智という構想だったといいます。もはや完全に「実録・仁義なき二十面相」といったキャストで、ならば小林少年は小倉一郎かななどと妄想も膨らみ、これはこれでぜひ観てみたかった気もしますが、金子の明智に翻弄、蹂躙され、あぶら汗を流しながら顔をゆがめている菅原・二十面相の絵づらしか思い浮かびません。……もっとも、乱歩の原作もそういう話といえばそうですが。

蕗屋清一郎【ふきやせいいちろう】

学費に苦労しながら大学に通っている『心理試験』の主人公。「才能ある青年が、その才能を育てるために、棺桶に片足をふみ込んだおいぼれを犠牲に供するのを、当然のこと」と考えているような、ドストエフスキーの『罪と罰』の主人公ラスコーリニコフによく似た人物です。

ふ

不具者製造【ふぐしゃせいぞう】

『孤島の鬼』の重要なテーマのひとつ。乱歩は森鷗外の小説で「見世物に売るために赤ん坊を箱詰めにして不具者を作る話」などを読み、この着想を得たと後年記しています。恐らく『ヰタ・セクスアリス』のことだと思われます。

藤子不二雄【ふじこふじお】

漫画家。藤本弘と安孫子素雄の共同ペンネームで、のちにコンビを解消し、藤本は藤子・F・不二雄、安孫子は藤子不二雄Ⓐを名乗りました。Fは昭和34年に絵物語『かいじん二十めんそう』の画を担当、Ⓐも同年『怪人二十面相』の漫画化を手がけています。

『蒲団』【ふとん】

田山花袋の代表作であると同時に、日本の自然主義文学を代表する中編小説。明治40年発表。作者自身と思われる中年男の性欲の問題を赤裸々に描き、当時大きな話題となりました。本作を読んだ若き日の乱歩は「どうもこの自然主義小説というものが、私には面白くなかった。ひどく性的な小説という印象を受けたばかりで、こういう性生活の日記の如きものには私は興味を持てなかった」そうです。後年、作家になってからの乱歩は性的な題材を数多く扱い、そのことで世間からの非難も浴びますが、乱歩のそれは怪奇と幻想に彩られた極端な変態性欲であり、私小説における等身大の露悪的な告白とは真反対にあるものといえます。

文代【ふみよ】

犯罪者・魔術師の美しい一人娘。本名、奥村文代。『魔術師』では当初、献身的に父の犯罪の手助けをしていましたが、次第に明智小五郎に惹かれて行き、最後には父を裏切ります。その際、魔術師とは血の繋がりがないことも明らかになりました。この縁から明智の助手となり、『吸血鬼』事件のあと明

智と結婚。その後、『人間豹』などでも活躍し、初期の「少年探偵団」シリーズでは、明智と小林少年と3人で暮らしていましたが、だんだんと登場機会が減り、やがては病気のために高原の療養所に入っているという理由で完全に姿を消してしまいました。やはり、明智には結婚生活は向いていなかったのでしょう。ちなみに、明智のもとを去った文代が、のちに二十面相の妻になったという奇説もあります。

プラティカル・ジョーク
【ぷらてぃかる・じょーく】

「悪ふざけ」や「悪戯」という意味で、『ぺてん師と空気男』の中心テーマです。作中では、表紙はちゃんと印刷されているのに中のページがすべて白紙の本をわざと人の目につくように読む、店の中に入って勝手に測量をはじめ、改築の依頼を受けていると言い張るなど、さまざまなプラティカル・ジョークが披露されています。

フラメンコギター
【ふらめんこぎたー】

テレビドラマ「江戸川乱歩の美女」シリーズの第11作「桜の国の美女」には、黄金仮面がフラメンコギターをつま弾くという原作にないシーンがあります。これは、黄金仮面を演じた伊吹吾郎の趣味がフラメンコギター演奏のため。ちなみに、伊吹は第6作「妖精の美女」でも黄金仮面を演じ、さらに第3作「死刑台の美女」（原作『悪魔の

紋章』）でも宗方隆一郎を演じていて、同シリーズで都合3回犯人役をやっています。

フランスの陰獣
【ふらんすのいんじゅう】

乱歩の『陰獣』は、たびたび映像化されていますが、平成20年にはフランス映画にもなっています。原題は「Inju : la Bête dans l'ombre」（直訳すると「影のなかの獣」）で、監督はバーベット・シュローダー。日本人作家・大江春泥を敬愛するフランスの小説家アレックスが新作キャンペーンのために来日するという出だしは不安に駆られますが、彼が接待で出会った芸妓・玉緒のもとに1通の脅迫文が届き、その差出人は大江春泥となっていて……と、以降は比較的原作に忠実に展開していきます。ただ、ラストは原作とかなり違います。

プロバビリティの犯罪
【ぷろばびりてぃのはんざい】

うまくいけば殺せるかもしれないが、失敗しても罪を問われないとされる犯罪方法。例えば、階段の上にビー玉を置いておいて、それにつまずいて転落死すればよし、しなくても犯罪にはならない。あるいは、自動車事故では右側の座席に座っている人のほうが死傷率が高いというので、殺したい相手をつねに右側の座席に座らせる。夏場にわざと傷みやすい生魚を食べさせる等々。プロバビリティとは「確率」や

「可能性」という意味です。このトリックを最初に小説で使ったのは谷崎潤一郎の『途上』とされています。乱歩は同作を読んで深く感心し、その影響で『赤い部屋』を書きました。もっとも、もし警察沙汰になった場合、「未必の故意」を疑われ、絶対に罪にならないというわけではありません。

文芸ロック【ぶんげいろっく】

人間椅子

3ピース・ハードロックバンドの人間椅子が平成元年に深夜テレビ番組「三宅裕司のいかすバンド天国」に出演したさい、審査員からつけられた呼び名。バンド名はもちろん乱歩の小説から採られたものです。その乱歩をはじめとして、夢野久作、稲垣足穂、横溝正史、小栗虫太郎、谷崎潤一郎、太宰治、坂口安吾などの近代文学をモチーフとした歌詞と、うねるようなヘヴィーなサウンド、モダニズムと土着が絶妙に融合した個性は唯一無二。結成以来、活動は浮き沈みがあったものの、一貫して独自性を守り続け、現在は世界的に高い評価を得ています。

『文豪ストレイドッグス』
【ぶんごうすとれいどっぐす】

原作・朝霧カフカ、作画・春河35の漫画。中島敦、太宰治、芥川龍之介、フィッツジェラルド、ドストエフスキーなどの国内外の文学者をキャラクター化し、それぞれがもつ異能力で戦うという内容。江戸川乱歩も登場していて、一見しただけで事件の真相から人の過去まで見抜くことができる力をもっていますが、じつは乱歩のは異能力ではなく、たんに卓越した推理力という設定です。本作はのちに小説化、アニメ化もされました。

文士劇【ぶんしげき】

大正15年に乱歩は横溝正史や水谷準ら探偵作家たちと一緒に『ユリエ殺し』という舞台に出演しました。出版記念会の余興で、身内だけのお遊びでしたが、乱歩の自宅で2、3回稽古したそうです。また、芝居では本物のピストルが使われたといいますから、おおらかな時代です。その後も乱歩は何度か探偵作家による文士劇に出演していて、

ふ

昭和26年には新橋演舞場で歌舞伎まで
やっています。探偵小説を広めるため
という大義名分もあったでしょうが、
近年はこのような児戯が作家に見られ
ないのは少々寂しいところです。

平凡社「江戸川乱歩全集」
【へいぼんしゃえどがわらんぽぜんしゅう】

昭和6年に平凡社から自身初となる「江
戸川乱歩全集」が出版されたさい、乱
歩はこと細かに宣伝方法のアイデアを
考え、さらには新聞広告の図案まで手
がけました。人嫌いで引っ込み思案の
乱歩ですが、反面、生来の「出版好き」
で、その部分が強く発揮されたようで
す。乱歩は小学生のときに手作りの雑
誌を文房具屋の店頭に置いて売り、そ
の宣伝のビラも作って近所の電柱にベ
タベタと貼って歩いたといいますから、
まさに三つ子の魂白まで。それにして
も、著者みずから新聞広告のデザイン
までやった文学全集はあとにも先にも
これだけでしょう。

紅子【べにこ】

『魔法人形』に登場する和服姿の17、8
歳の美少女。本人いわく、半分人間で
半分人形とのこと。実際、彼女は普通
に歩き、話しますが、その肌は冷たく
て硬く、すべっこくて人形のようです。
彼女は若いときの美しさを永遠に保ち
たいと願い、不思議な老人が発明した
薬を注射したといいます。そして、や
がては完全な人形になってしまうとい
うのです。……本当に紅子は半分人間
で半分人形なのか？　もしそうだとし
たら、なぜそのようなことが可能なの
かが一切作中で説明されないため、逆
に強烈な印象を残します。

ヘリオトロープ【へりおとろーぷ】

ムラサキ科キダチルリソウ属の植物の
総称。「香水草」や「匂ひ紫」という
異名があり、甘くバニラのような香り

がするため、多くの香水の原材料に使われました。ただ19世紀末以降は、合成香料で代用されるようになります。明治30年に日本にはじめて輸入された香水も、フランスのロジェ・ガレ社のヘリオトロープの香水でした。そんなヘリオトロープの香水の匂いが、『暗黒星』では事件の謎を解く鍵となります。ちなみに、夏目漱石の小説『三四郎』にも、この香水が出てきます。

ヘレン・ケラー【へれん・けらー】

1歳のときに高熱によって聴力と視力を失い、話すこともできなくなった三重苦の少女ヘレン・ケラーが家庭教師のアン・サリヴァンの尽力で「言葉」を覚え、大学を卒業するまでになった19世紀アメリカの感動実話は日本でも広く知られています。乱歩は昔から彼女に関心をもっていましたが、それは「視覚も聴覚もない触覚だけの彼女の世界が一体どんなに我々のものと違っているであろうか」という純粋な好奇心からでした。そこで、「どのような人外境の物語を聞かせてくれるか」という期待で彼女の自伝を読みはじめますが、「ケラー女史は、無理もないこ

とではあるが、自伝ではまるで目も耳もある人間のようにしか語らないのである」とがっかりしています。……現代の人権感覚からすると猛烈に非難を浴びそうな感想ですが、気持ちはわかります。

『宝石』【ほうせき】

昭和21年に創刊された探偵小説雑誌。乱歩は創刊時から協力していましたが、次第に売り上げが下がったため、昭和32年にみずから編集長に就任。私財数百万円を注ぎ込んで経営の立て直しを図るとともに、新人の発掘と一般作家にも探偵小説を書いてもらうことに奔走しました。その苦労が実り、同誌からは以後の探偵小説界を支える作家が数多く誕生。また、火野葦平、遠藤周作、梅崎春生、石原慎太郎、谷川俊太郎、小林秀雄などの一般文壇の作家たちも多数登場するようになり、発行部数ももち直します。しかし、乱歩の経済的、精神的、肉体的消耗も大きく、次第に体調を崩すようになっていきました。昭和34年に乱歩が実質的な

編集を後任に譲ると、ふたたび売り上げは低迷。ついに、昭和39年に廃刊となります。……乱歩がここまで『宝石』に情熱をかたむけた背景には、同誌こそが戦後の探偵小説の本陣という意識があり、業界を支えるためという使命感があったことは間違いないでしょう。ただ、同時に生来の「出版好き」、もっといえば雑誌好き、ミニコミ好きゆえの熱の入れようだったことも否定できないところです。そういう意味では、『宝石』に深くかかわった数年間は、乱歩にとって苦労は多くとも、子供時代の夢が叶った楽しく充実した時間だったかもしれません。

「暴帝ネロの夢、それがとりも直さず僕の夢ですよ」
【ぼうていねろのゆめ、それがとりもなおさずぼくのゆめですよ】

『大暗室』における大曾根龍次のセリフ。ネロは1世紀のローマ帝国第5代皇帝で、炎に包まれる都市を見たいがためにローマ市街に自ら火を放ったという伝説があります。大曾根もこれになぞらえ、東京を火の海に沈め「六百万の凡人どもがうろたえ騒ぐ景色」を見たいと豪語しました。『地獄風景』にも、「人殺しというものが、どんなに美しい遊戯であるか、あなたにもお分かりでしたろう。これは、僕等の先祖のネロが考え出した世にもすばらしいページェントなのですよ」というセリフがあります。乱歩は、わりとネロの伝説が気に入っていたようです。

ボーイスカウトの制服
【ぼーいすかうとのせいふく】

「少年探偵団」シリーズの後期の作品である『鉄人Q』で、はじめて少年探偵団の制服というものが登場しました。これは『仮面の恐怖王』の事件で謝礼として受け取った500万円の残りで揃えたものです。ボーイスカウトの制服に似ていますが、胸にはBDバッジが光り、帽子にもBDの記章がついているなど、よく見るといろいろと違ったところがあります。正規の少年探偵団にだけでなく、『青銅の魔人』で結成されたさいには、小林少年から「でもまだ本団員にはしないよ、君たちみたいのをなかまに入れたら、ほかの団員が怒るからね」と差別されていたチンピラ別働隊にも同じように支給されたのは一安心です。

ほ

ポオのMan of crowdの一種不可思議な心持
【ぽおのまんおぶくらうどのいっしゅふかしぎなこころもち】

『蟲』のなかの一文。ここでいっているのは、エドガー・アラン・ポーの短編小説『The Man of the Crowd』のことです。邦題は『群集の人』。大勢の人混みのなかでこそ孤独を味わえるということを、乱歩は「群集の中のロビンソン・クルーソー」などと表現して、随筆などに繰り返し書いています。

『The Man of the Crowd』の挿絵

「僕がこれまで取扱った犯罪者には、君程の天才は一人もなかったと云ってもいい」
【ぼくがこれまでとりあつかったはんざいしゃには、きみほどのてんさいはひとりもなかったといってもいい】

『悪魔の紋章』で事件の謎をすべて解いたあと、犯人に向かって明智小五郎が贈った称賛の言葉。ただ、これは少々言い過ぎなような……。知力という意味では蜘蛛男が、明智を苦しめたという意味では人間豹が、称賛されるに相応しい気がします。

「僕だって、こんな真似は初めてだよ。変装というようなことは好きじゃないのだが」
【ぼくだって、こんなまねははじめてだよ。へんそうというようなことはすきじゃないのだが】

『暗黒星』における明智小五郎のセリフですが、嘘ばっかり。中期以降の明智は、たいていの作品で得意げに変装をしています。

「僕にも非常に美しい恋人が出来たからですよ」
【ぼくにもひじょうにうつくしいこいびとができたからですよ】

『魔術師』のなかで、賊の娘・文代との恋の予感に浮かれる明智小五郎のセリフ。しかし、たったいま目の前で恋人をバラバラに惨殺されたばかりの青年の前で口にする神経は疑います。

「僕は君が気に入ったのだ、君の四十余年の陰謀と僕の正しい智慧とどちらが優れているか、それが試して見たいのだ」
【ぼくはきみがきにいったのだ、きみのよんじゅうよねんのいんぼうとぼくのただしいちえとどちらがすぐれているか、それがためしてみたいのだ】

復讐鬼である魔術師への明智小五郎の挑戦の言葉。魔術師にとっては40年来の悲願を、明智のたんなる知的好奇心

に邪魔される形になったため、事件から降りるよう懇願しましたが、名探偵は頑として受け入れませんでした。「気に入っ」てしまったので、仕方ありません。『魔術師』より。

「僕は決して君のことを警察へ訴えなぞしないよ」
【ぼくはけっしてきみのことをけいさつへうったえなぞしないよ】

『屋根裏の散歩者』で素人探偵・明智小五郎が事件の真相を究明したあと、犯人に告げた言葉。初期の明智の興味は「真実」を知ることだけにあり、社会正義などには一切関心がないところが、知的遊戯者としての面目躍如です。

「ぼくら野球探偵団」
【ぼくらやきゅうたんていだん】

昭和55年にテレビ東京系で放送された特撮ドラマ。乱歩の「少年探偵団」シリーズをモチーフにしつつ、そこに少年野球の要素を足した不思議な作品でした。番組のキャッチフレーズは「特撮野球アクションシリーズ」。星空天馬がキャプテンを務める少年野球チーム「ワンパクズ」のメンバーが、野球探偵団として怪盗赤マントと対決するという内容です。ワンパクズに協力する刑事を宍戸錠が演じていたのは、なんとも贅沢でした。

ポケット小僧【ぼけっとこぞう】

チンピラ別働隊の隊員。年齢は12歳ですが、7〜8歳にしか見えないほど背が低く、ポケットに入るほど小さいという意味で、このあだ名で呼ばれています。『魔法人形』で初登場して以降、「少年探偵団」シリーズの多くで活躍。とくに後期の作品では小林少年以上の活躍を見せました。曲芸団にいた過去があり、頭さえ入れれば壺や花瓶に全身をすっぽり入れられるという特技のもち主です。ちなみに、この経歴と特技は、『孤島の鬼』に登場する幼い殺人者の友之助とまったく同じ。さらに、12歳という年齢や身体的特徴も同じです。……なにやら少々、恐ろしい気がしなくもありません。

星新一【ほししんいち】

ほ

SF作家。数ページの掌編小説であるショートショートを生涯に1,001編以上執筆し、「ショートショートの神様」と呼ばれています。昭和32年に友人の柴野拓美らと日本最初のSF同人誌『宇宙塵』を創刊。その第2号に発表した『セキストラ』が乱歩の目に留まり、当時乱歩が編集長を務めていた雑誌『宝石』に転載されて作家デビューを果たしました。当時新人の星について乱歩は、「最もユニークなファンタジー作家」と評しています。

「MURDER CANNOT BE HID LONG, A MAN'S SON MAY, BUT AT THE LENGTH TRUTH WILL OUT.」
【まーだーきゃんのっとびーひどろんぐ，あまんずさんめい，ばっとあっとざれんぐすとぅるーすういるあうと】

『屋根裏の散歩者』で殺人に踏み切る前に郷田三郎の頭をよぎった言葉。シェイクスピアの『ヴェニスの商人』第2幕第2場のセリフで、「真実はいずれ露見する。人殺しは隠し通せない」といった意味です。

柾木愛造【まさきあいぞう】

『蟲』の主人公。自分が話をしているときに相手の目が少しでもそれると、関心がないのだと思って、もうあとを喋る気がしなくなるほどの内気者で、極度の厭人病者。しかし、それは同時に、人一倍他人の愛に対して貪婪であることを意味しています。そんな男がひとりの女に恋をしてしまったことが、悲劇のはじまりとなりました。

真崎守【まさきもり】

漫画家、アニメーション監督。昭和48年に発表した漫画『巡礼萬華鏡』は、乱歩の『鏡地獄』が原作です。ちなみに、真崎は虫プロ在籍時代、「少年探偵団」シリーズが原作のアニメ「わんぱく探偵団」で制作を担当していました。

魔術師
【まじゅつし】

『魔術師』に登場する犯罪者で、本名は奥村源造。魔術師は通称ですが、実際に舞台上の手品師という顔ももっています。父の仇である玉村家を皆殺しにするため、40年以上かけて復讐を企みました。

「魔術には魔術を以て」
【まじゅつにはまじゅつをもって】

中期以降の明智小五郎がよく言うセリフ。犯罪者がトリックを仕掛けて

ま

くるなら、こちらもそれ以上のトリックで対抗するという意味です。「相手が魔法使なら、こっちも魔法使になるのです」とも。

増村保造【ますむらやすぞう】

映画監督。「痴人の愛」や「華岡青洲の妻」といった文芸映画から、「兵隊やくざ」、「陸軍中野学校」といった娯楽作品まで幅広く撮った増村は、昭和44年に乱歩原作の「盲獣」の監督も務めています。本作の登場人物は、盲目の彫刻家と彼に誘拐された美しいモデル、そして彫刻家の母の3人だけ。ほぼ翻案に近く、とくに中盤以降はオリジナルな展開で、ウィリアム・ワイラー監督の「コレクター」に似た雰囲気です。

まだあきらめていない
【まだあきらめていない】

乱歩は生涯に一作でいいから、本格的な長編探偵小説を書いてみたいと願っていました。ただ、死ぬまで「今に見ろ」と叫びながらも結局書けないのではないかと乱歩は自嘲しており、事実、厳密な意味では最後まで本格長編探偵小説は書いていません。しかし、晩年にいたるまで、この夢と野心を抱き続けていたことも事実です。昭和25年の随筆のなかで「今年はどうか情熱が湧いてくれるよう祈っています」と切なる願いを記し、昭和30年にも「まだあきらめ切ってはいない」と記しています。

魔法博士【まほうはかせ】

「少年探偵団」シリーズには、何度か魔法博士という人物が登場しましたが、その関係は少々複雑です。まず昭和25年に発表された『虎の牙』で、魔法博士を名乗る男が小林少年の前に現れます。この人物は虎模様のような黒と黄色に染められた髪にピンと張った髭、黒いマントという異様な風体をしており、奇術が特技。その正体は怪人二十面相でした。次に昭和30年に発表された『探偵少年（のちに『黄金の虎』に改題）』にも、魔法博士を名乗る人物が登場します。ですが、こちらの正体は二十面相ではなく、雲井良太というお金持ちの変人です。雲井の魔法博士は二十面相のように盗みをするのではなく、純粋な知恵比べを少年探偵団に挑みました。明智小五郎は雲井を以前から知っていたようで、「けっして悪い人ではないから、知恵比べをやってみるがいい」と公認します。ところが、翌31年にその名も『魔法博士』という作品が発表され、タイトルになっているぐらいですから、当然ながら、この作品にも魔法博士を名乗る怪しい人物が登場。今度の魔法博士は黄金仮面をかぶっていて、正体はまたしても二十面相でしたが、明智も少年探偵団も誰ひとり、『虎の牙』と同じ名前であることを指摘しませんでした。一方、雲井の魔法博士のほうも、昭和32年に『まほうやしき』、『赤いカブトムシ』と連続で再登場。……魔法博士だらけで頭がこんがらがります。

「まぼろし探偵 地底人襲来」
【まぼろしたんていちていじんしゅうらい】

昭和35年に公開された特撮映画。乱歩のパロディである江戸山散歩というキャラクターが登場しています。演じたのは漫才師の初代・内海突破。原作は桑田次郎の漫画『まぼろし探偵』で、同作は赤い帽子、黒いマスク、黄色いマフラーがトレードマークの少年探偵が二丁拳銃を武器に悪漢に立ち向かうという、乱歩の「少年探偵団」シリーズの強い影響を受けたものです。また桑田は、昭和31年に雑誌『おもしろブック』の増刊号に掲載された絵物語『少年探偵団　妖怪博士の巻』で画を担当しており、昭和45年には『地獄風景』の漫画化もしています。

『幻の女』【まぼろしのおんな】

アメリカの作家ウィリアム・アイリッシュ（コーネル・ウールリッチ）が1942年に発表した探偵小説。敗戦後、乱歩は戦争中に輸入が途絶えていた海外探偵小説を求めて、アメリカ兵が読み捨てたペーパーバックを古本屋であさり、また進駐軍が開いた図書館に熱心に通いつめました。このような苦労をしながら新たに読むことのできた海外探偵小説のなかで、乱歩をもっとも感動させたのが本作です。乱歩は『幻の女』の読後、その表紙裏に「昭和二十一年二月二十日読了、新らしき探偵小説現れたり、世界十傑に値す。直ちに訳すべし。不可解性、サスペンス、スリル、意外性、申分なし」と書き込んでいます。

丸尾末広【まるおすえひろ】

漫画家、イラストレーター。大正浪漫風のレトロなタッチと、乱歩や夢野久作の影響が色濃いエロチックで残酷な作風で、熱狂的なファンが数多くいます。平成19年に『パノラマ島綺譚』を漫画化し、手塚治虫文化賞新生賞を受賞。その後、『芋虫』も漫画化しました。また、昭和63年に漫画家の花輪和一との共作で出した画集『江戸昭和競作無惨絵英名二十八衆句』に収められている丸尾の『江戸川乱歩』と題されたイラストは、1枚の絵でこれほど乱歩作品の世界を描きつくしたものはない傑作です。

マンホール【まんほーる】

乱歩作品で、尾行していた相手が角を曲がった途端に、あるいは行き止まりの道で突如姿を消したりしたら、たいていの場合、マンホールがトリックになっています。あらかじめ地面に穴を掘っておいて、その上に偽のマンホールの蓋をかぶせて緊急避難に使うのです。

ミーンネス【みーんねす】

乱歩が本格探偵小説ではなく、大衆向けに冒険活劇風の通俗探偵小説を書くようになると、その人気はますます高まっていきました。ですが、同業の探偵小説作家たちからは厳しい批判を受けるようにもなります。甲賀三郎は乱歩の作品を「ミーンネス」と非難しました。meannessとは、「卑劣」や「みすぼらしい」という意味です。

三笠龍介【みかさりゅうすけ】

『妖虫』で事件を解決に導いた老探偵。麹町区六番町の古風な煉瓦造りの屋敷にトムという名の助手とふたりで暮ら

しています。日本のシャーロック・ホームズと呼ばれ、警察の手に負えない事件を片っ端から解決している名探偵ですが、本作のラストで、ほとんど無意味に猫を惨殺しているため、いまひとつ印象は良くありません。

「蜜柑の皮をむかずして中身を取出す法」

【みかんのかわをむかずしてなかみをとりだすほう】

『魔術師』のなかで、密室の中に人間が出入りする方法について明智小五郎が語った言葉。四次元空間で蜜柑を裏返すと、皮をむかずに中身が取り出せるということらしいのですが、何を言っているのかよくわかりません。ただ、乱歩はこの表現が気に入っていたようで、『三角館の恐怖』でも使っています。

見切り発車【みきりはっしゃ】

念願の探偵作家になったものの、乱歩が順調に書けたのは最初の2〜3年だけで、すぐにアイデアに行き詰まってしまいます。それに反して乱歩の名は上がるいっぽうで、連載の依頼が殺到。結果、乱歩は全体の筋はもとより、結末がどうなるかという見通しもないま

ま、ともかく見切り発車で書きはじめるようになりました。この癖は後年にいたるまで治りませんでしたが、論理的な整合性が求められる探偵小説、とくに長編物にとっては致命的です。とりあえず、どんな展開になってもいいように曖昧なタイトルをつけておくなど小手先の工夫をしたものの、どうにもならない作品も多く、乱歩は自己嫌悪に陥ります。また、たいてい連載の第1回目だけは面白く書けるため、よけいに読者や編集者の期待が高まってしまうことも乱歩を苦しめました。このことについて乱歩は後年「では、なぜ充分筋を考えてから書きはじめないのかと反問されるだろうが、過去の私には、なぜか、どうしてもそれが出来なかったのである」と、言い訳にならない言い訳をしています。ただ、乱歩作品のなかで、充分に筋を考えてから書いたものがすべて面白く、行き当たりばったりで書いたものがすべてつまらないかというと、かならずしもそうとは限らないのが創作の奥深いところです。

三國連太郎
【みくにれんたろう】

俳優。乱歩の『十字路』を原作とした昭和31年公開の映画「死の十字路」で、思いがけず妻を殺

してしまった商事会社社長の伊勢省吾を熱演しました。原作が乱歩にしては珍しいリアル路線のサスペンス物ということもあり、本作での生々しくも迫力ある三國の演技は、どこか後年の「飢餓海峡」と重なります。

三島由紀夫【みしまゆきお】

作家。昭和24年に長編2作目の『仮面の告白』を発表すると文壇から絶賛され、一躍戦後文壇のスターになりました。昭和36年に子供のころに愛読していた乱歩の『黒蜥蜴』を戯曲化。翌年の初演時には女賊・黒蜥蜴役を初代・水谷八重子が演じたものの、昭和43年の再演以降は美輪明宏の当たり役となります。乱歩はこの戯曲版について、「筋はほとんど原作のままに運びながら、会話は三島式警句の連続で、子供らしい私の小説を一変して、パロディというか、バーレスクというか、異様な風味を創り出している」と評しました。……ところで、乱歩、三島、美輪の3人には『黒蜥蜴』の戯曲化の前からの深い縁があります。乱歩と三島は戦後間もなく

銀座尾張町で開店したゲイバーのブランスウィックの常連でした。そして、ここで働いていたのが若き日の美輪です。その後、美輪が銀座七丁目にあった日本初のシャンソン喫茶・銀巴里に出演するようになると、乱歩と三島はここでも揃って常連に。そういう意味で、戯曲版『黒蜥蜴』は、乱歩、三島、美輪が出会ってから20年近く経って実を結んだ奇跡的な結晶といえるかもしれません。

水木蘭子【みずきらんこ】

『盲獣』に登場する浅草レビューの女王。声も悪い、踊りも下手、顔もそんなに美しくはありませんが、肉体美でファンを魅了し続けています。

しかし、その肉体の見事さゆえに盲獣の獲物となりました。さらわれてきた当初は激しく抵抗し、盲獣を嫌悪していましたが、次第に彼女のほうが盲獣の異常な愛欲の世界に溺れ、執拗に求めるようになります。結果、彼女に辟易した盲獣によっ

て手足をバラバラにされ、殺されてしまいました。最初は男が追い、女が逃げるという関係だったのが、いつしか逆転し、男のほうが女の貪婪さに悲鳴を上げるというのが、悲しくも面白いところです。

三谷房夫【みたにふさお】

『吸血鬼』に登場する美青年。ライバルとの命がけの決闘に生き残ったことで、美しい未亡人・畑柳倭文子の恋人の座を勝ち取りました。過去に、兄を失恋自殺で亡くしています。

未単行本化『偉大なる夢』【みたんこうぼんかいだいなるゆめ】

昭和18年に発表された『偉大なる夢』は、乱歩が戦争中に唯一書いた大人向けの探偵小説です。時局がら戦意高揚的な内容でアメリカを敵として描いているため、敗戦後乱歩は「この小説は、将来とも本にすることはなく、このまま人目にふれずに終わるのだろう」と考えていました。実際、初単行本化は乱歩が死んで5年経った昭和45年のことでした。

3つの「RAMPO」【みっつのらんぼ】

平成6年に「映画生誕100年・江戸川乱歩生誕100周年・松竹創業100周年記念作品」と銘打って映画「RAMPO」が公開されましたが、ふたりの監督による別バージョン同時公開という前代未

聞のものとなりました。はじめ、黛り
んたろう監督によって映画が撮られた
ものの、その出来にプロデューサーの
奥山和由が納得せず、みずからメガホ
ンをとって大幅に撮り直して再構成。
これにより、「黛バージョン」、「奥山
バージョン」の2作が出来上がりまし
た。基本のストーリーはどちらもそれ
ほど変わらず、昭和初期を舞台に、乱
歩と横溝正史が乱歩の小説そっくりの
事件に遭遇し、現実と虚構のなかをさ
まようというものです。さらに、公開
翌年には「奥山バージョン」に未公開
シーンと音楽を追加した「インターナ
ショナル・バージョン」も製作され、
結果、「RAMPO」という映画は3種類
存在することになりました。監督とプ
ロデューサーのもめ事や、「奥山バー
ジョン」における「1/fゆらぎ」を意
識した美術と音楽、映像のサブリミナ
ル効果、映画館でのフェロモン入り香
水散布といった数々の仕掛けは当時か
なり話題となったものです。

「ミツマメと、シルコと、肉ド
ンブリが、腹がやぶけるほ
ど、食ってみたかったんだよ」
【みつまめと、しることに、にくどんぶりが、
はらがやぶけるほど、くってみたかったんだよ】

宇宙怪人に買収されて嘘の証言をした
チンピラ別働隊の山根少年の弁明。そ
れなら、しかたありません。はじめは
小林少年も「チンピラ隊の子どもたち
が、これを聞いたら、きみをふくろだ
たきにして、半殺しにしてしまうよ」
と、わりと怖いことを言っていました

が、最後は笑って許しました。『宇宙
怪人』より。

南重吉【みなみじゅうきち】

『十字路』に登場する、銀座裏の洋菓
子店露月堂の3階に事務所を構える私
立探偵。元警視庁捜査一課の警部補
で、敏腕刑事でしたが、容疑者への拷
問が問題となり、懲戒免職になったと
いう過去があります。暴力的で女好
き、ゆすりたかりも平気な悪党という、
乱歩にしては珍しい通俗ハードボイル
ド風の探偵です。

「蓑浦君、地上の世界の
習慣を忘れ、地上の羞恥
を棄てて、今こそ、僕の
願いを容れて、僕の愛を
受けて」
【みのうらくん、ちじょうのせかいのしゅ
うかんをわすれ、ちじょうのしゅうちをす
てて、いまこそ、ぼくのねがいをいれて、
ぼくのあいをうけて】

地底の迷宮を彷徨い続け、ついに死を
覚悟した諸戸道雄が、長年強い同性愛

感情を抱いていた友人の箕浦に向かって叫んだ愛の慟哭。ですが、箕浦の反応は「私は、彼の願いの余りのいまわしさに、答える術を知らなかった。誰でもそうであろうが、私は恋愛の対象として、若き女性以外のものを考えると、ゾッと総毛立つ様な、何とも云えぬ嫌悪を感じた」と、あまりにも冷たいものでした。哀れを誘います。『孤島の鬼』より。

宮崎駿【みやざきはやお】

アニメーション監督、漫画家。少年時代に乱歩の『幽霊塔』に熱中し、のちに監督を務めた劇場用アニメ「ルパン三世カリオストロの城」は、その強い影響のもと作られているとのことです。平成27年に三鷹の森ジブリ美術館で開催された企画展「幽霊塔へようこそ展」では、宮崎自身が『幽霊塔』の魅力を解説する展示漫画を描き下ろすほどの熱の入れようでした。

深山木幸吉【みやまぎこうきち】

『孤島の鬼』の前半で活躍する素人探偵。鎌倉の海岸近くに住んでいて、とくに仕事はしておらず、世間の隅々に隠れているさまざまな秘密を嗅ぎ出してくるのを道楽にしています。また、過去に多くの女性と夫婦のような関係を結んでいたようですが、いつも長続きせず、「俺のは刹那的一夫一婦主義だ」とうそぶいています。

ミュージカル・コメディ『パノラマ島奇譚』【みゅーじかる・こめでいばのらまとうきたん】

昭和32年に東宝劇場で上演されたミュージカル・コメディ。榎本健一（エノケン）、トニー谷、三木のり平、有島一郎と、当時人気のコメディアン、軽演劇の俳優が多数出演していて豪華ですが、あの『パノラマ島綺譚』が、どうミュージカルになって、どうコメディになるのか、まったく想像がつきません。

「妙に癖のある柔道だな。併し馬鹿に強い奴だぞ」【みょうにくせのあるじゅうどうだな。しかしばかにつよいやつだぞ】

『黄金仮面』で怪盗・黄金仮面と組み合ったさいの明智小五郎の感想。明智の柔道の腕前は、この時点では二段です。黄金仮面の正体であるあのフランスの大怪盗は、原作でも柔道を会得しているという設定でした。嘉納治五郎が明治15年に、さまざまな柔術流派の技術を総合して創始した柔道は、19世紀末にはフランスでも知られていました。ちなみに、シャーロック・ホームズも日本の武術である「バリツ」を会得しているという設定で、これも柔道のこととされています。

美輪明宏【みわあきひろ】

歌手、俳優。代表曲に、「メケ・メケ」、「ヨイトマケの唄」、「老女優は去りゆ

く」、「愛の讃歌」など。中学生のころ
から乱歩、夏目漱石、芥川龍之介、
ヴェルレーヌ、ランボー、ボードレー
ル、コクトーなどの文学作品を乱読。
歌手を目指していた美輪は、16歳で銀
座のゲイバー・ブランスウィックで働
きだし、常連だった乱歩と知り合いま
した。乱歩は頭の回転の速い美輪を気
に入り、その美貌を高畠華宵の絵の美
少年に喩えて褒め称えたそうです。や
がて、シャンソン歌手として成功した
美輪は、三島由紀夫が戯曲化した『黒
蜥蜴』で主人公の緑川夫人こと女賊・
黒蜥蜴を演じ、以後この舞台をライフ
ワークとしていきます。昭和43年に深
作欣二が監督を務めた映画「黒蜥蜴」
でも緑川夫人を演じました。同映画の
テーマ曲で美輪が作詞・作曲を手がけ、
みずから歌っている「黒蜥蜴の唄」は、
作品世界を見事に表現した名曲中の名
曲です。

無残絵【むざんえ】

幕末から明治初期にかけて描かれた浮
世絵のジャンルのひとつ。拷問や殺し
の場面をテーマとし、流血の惨事を

色鮮やかに描いてい
ることから「血みど
ろ絵」、「残酷絵」と
も称されます。代表
的な浮世絵師は歌川
国芳門下の落合芳幾
と、その弟弟子の月
岡芳年。とくに芳年
は多くの無残絵を残
しています。乱歩は
芳年の無残絵に強く

惹かれ、熱心に蒐集
していました。『魔
術師』のなかには「芳
年の無残絵そのままの、ゾッと歯ぎし
りの出る様な光景だ」という表現もあ
ります。ちなみに、芥川龍之介や三島
由紀夫などの作家たちも芳年の無残絵
を愛好しました。

「蟲、蟲、蟲、蟲、蟲、蟲、
蟲、蟲、蟲、蟲、蟲、蟲、
蟲、蟲、蟲、蟲、蟲、蟲、
蟲、蟲、蟲、蟲、蟲、蟲、
蟲、蟲、蟲、蟲、蟲、蟲、
蟲、蟲、蟲、蟲、蟲、蟲、
蟲、蟲、蟲、蟲、蟲、蟲、
蟲、 ヽヽヽヽヽヽヽヽヽ」
【むし、むし、むし、むし、むし、むし、むし、
むし、むし、むし、むし、むし、むし、むし、
むし、むし、むし、むし、むし、むし、むし、
むし、むし、むし、むし、むし、むし、むし、
むし、むし、むし、むし、むし、むし、むし、
むし、むし、むし、むし、むし、むし、むし、
むし、むし、むし、むし、むし、むし、むし、
むし、ヽヽヽヽヽヽヽヽヽヽ】

『蟲』のなかの、あまりに強烈なイン

パクトを残す一文。この蟲とは昆虫のことではなく、死体を分解する微生物のことです。みずからの手で愛する女性を殺し、永遠に自分の物にしたいと願っている主人公が、微生物によって遺体が損なわれることを恐れたさいの表現です。単行本によって、ムシの漢字は「虫」だったり、「蟲」だったりしますし、その数も違いますが、やはり漢字は「蟲」で、数は多ければ多いほど効果的なように思います。

矛盾【むじゅん】

乱歩が海外探偵小説を読みはじめたころ、周囲に同好の士はまったくおらず、とくに謎解きに特化した本格探偵小説の読者は日本では稀少だったといいます。それゆえ、乱歩はみずから探偵小説を書き、さらに探偵小説の魅力を一生懸命喧伝しました。その苦労が報われ、日本でも探偵小説は流行するようになりましたが、その途端、乱歩は探偵小説に醒めた感情を抱くようになってしまいます。乱歩いわく、「探偵小説が流行して、猫も杓子も探偵小説を口にするようになったので、一向魅力がなくなってしまった」とのこと。また、「私は探偵小説の隆盛を願いながら、一方では逆の稀少性を喜ぶという矛盾に陥っていた」ともいっています。身勝手ではありますが、避けがたい人間心理です。若き日の乱歩の気持ちは、「選ばれてあることの恍惚と不安と二つ我にあり」といったところだったのでしょう。

宗像隆一郎【むなかたりゅういちろう】

『悪魔の紋章』に登場する法医学博士。丸の内のビルディングに宗像研究所を設け、犯罪研究と探偵事業を営んでいます。数々の迷宮入り事件を解決したことから、警察の信頼も厚く、世間からは名探偵といえば明智小五郎か宗像隆一郎と並び称されるほどとなっています。

夢遊病【むゆうびょう】

寝ている最中に無意識のまま起きだし、歩いたり、なにかをしたあと、ふたたび寝てしまうが、その間の出来事をなにひとつ記憶していない状態のこと。睡眠時遊行症ともいいます。タイトルになっている『夢遊病者の死』はもちろん、『二廃人』や『疑惑』などでも乱歩はこのテーマを扱っています。

村山槐多【むらやまかいた】

画家、作家、詩人。大正8年にスペイ

む

ン風邪が原因で、わずか22歳で夭折しましたが、「槐多のガランス（深い茜色）」と呼ばれた独特な色使いはいまも高い評価を得ています。乱歩は中学生時代、村山の怪奇小説『悪魔の舌』や『魔猿伝』、『殺人行者』などを愛読。その後、上野の展覧会で村山の絵を見たさいには感動のあまり、1時間も立ち尽くしたといいます。後年、洋室の書斎をもった乱歩は手を尽くして村山の絵を探し求め、ついには「二少年図」という少年がふたり描かれた20号ほどの水彩人物画を手に入れます。以後この絵は乱歩が亡くなるまで書斎に飾られ続けました。そのことについて乱歩は「私は今、ほの暗い書斎の中に、村山槐多の夢と共に住んでいる。その夢が私に不思議な喜びを与えている」と記しています。

「名探偵」シリーズ
【めいたんていしりーず】

西村京太郎のパロディ探偵小説のシリーズ。乱歩が生みだした明智小五郎を筆頭に、エラリー・クイーン、メグレ元警部、エルキュール・ポワロという探偵小説史に残る4人の名探偵たちが協力して事件を解決するという内容です。シリーズ第1作の『名探偵なんか怖くない』は、昭和46年に「乱歩賞作家書き下ろしシリーズ」の1冊として刊行。以後、『名探偵が多すぎる』、『名探偵も楽じゃない』、『名探偵に乾杯』の計4作が発表されました。

名探偵の昂奮
【めいたんていのこうふん】

明智小五郎には、考え込み、興奮してくると、モジャモジャの髪の毛を指でかき回す癖があります。

目羅聊齋 【めらりょうさい】

『目羅博士の不思議な犯罪』に登場する犯罪者。丸の内の貸事務所で目羅眼科を開業している老医師ですが、奇怪な方法で人を操り、次々と首吊り自殺をさせました。

メリーゴーラウンド
【めりーごーらうんど】

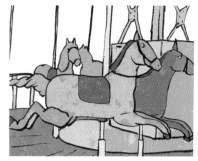

乱歩は浅草に遊びに行くと、童心に返ってよくメリーゴーラウンドに乗りました。このメリーゴーラウンドは木馬館という娯楽施設に設置されていた

ものです。「木馬の適度の振動と、あの耳を聾するジンタ楽隊の音楽が、からだにも耳にも快い按摩の作用をして、それを降りて、子供の見物のむれをかきわけて、館の外に出たときには、シーンと心が静まって、何ともいえぬすがすがしい気持ちになっているのだ」と乱歩は記しています。そんな自身の体験が色濃く反映されている短編が『木馬は廻る』です。ちなみに、木馬館は現在も浅草に大衆演劇の劇場として残っています。

盲獣【もうじゅう】

『盲獣』の主人公である盲目の殺人鬼の通称。大富豪の一人息子で、亡き父の財産を受け継ぐと、それを使って秘密の地下室を作り、次々と美女をさらってきては監禁、凌辱してから殺害しました。生まれたときから目が見えず、触覚だけの世界で生きる彼にとっての美女とは、顔の美しい女性のことではなく、触っ

たときに肉の質感の良い女性のことです。

もうひとつの結末
【もうひとつのけつまつ】

『猟奇の果』は、途中で明智小五郎が登場して事件を解決するものが一般的に流布していますが、明智が登場せずに終わる別バージョンもあります。そちらのほうが、前半の雰囲気が守られている気がしなくもありません。『地獄風景』にも、従来の結末に2ページほどつけ加えた別バージョンがありますが、こちらは夢オチになっており、どう考えても完全に蛇足です。

「若しこれが名もない一市民の申出であったならば、所謂警察の威信という奴の為に我々は大いに頭を悩ますのだが、明智君なればその必要はない。僕等は明智君の明察を天下に公表しても、少しも恥る所はないのだ」
【もしこれがなもないいちしみんのもうしてであったならば、いわゆるけいさつのいしんというやつのためにわれわれはおおいにあたまをなやますのだが、あけちくんなればそのひつようはない。ぼくらはあけちくんのめいさつをてんかにこうひょうしても、すこしもはじるところはないのだ】

『蜘蛛男』で、散々警察を悩ませてきた謎を明智小五郎がさらりと解き明

かしたさいに、警視庁の赤松総監が叫んだセリフ。もし名もなき一市民が謎を解いたら警察の威信のために握り潰すつもりだったのかと疑いたくなりますし、警察が素人探偵の明智の権威と名声に降参しきっているのも情けないところです。少しは恥じたほうがいいでしょう。

もっとも影響を受けた書物
【もっともえいきょうをうけたしょもつ】

乱歩は青年期にもっとも影響を受けた書物として、ダーウィンの『進化論（種の起源）』を、たびたび挙げています。人間は特別な存在ではなく猿の仲間にすぎないという観念は、その後の乱歩の人生観、世界観を決定づ

けました。その他では、地球が広大な宇宙のなかの小さな星のひとつにすぎないということを知らされた通俗天文学書やショウペンハウエルの厭世哲学が、自身のペシミズムやニヒリズムを育んだと語っています。

籾山ホテル【もみやまほてる】

『闇に蠢く』の舞台となった長野県S温泉にある、どこか怪しいホテル。変わり者の主人がみずから設計して建てたもので、特殊な蒸し風呂の設備と、そこで主人自身が行うトルコ式のマッサージが隠れた売り物になっています。

森下雨村への手紙
【もりしたうそんへのてがみ】

探偵作家になりたくて評論家の馬場孤蝶に自作原稿を送ったものの反応をもらえなかった乱歩は、次に『新青年』編集長の森下雨村に『二銭銅貨』と『一枚の切符』の原稿を送りつけます。返事はすぐ来ましたが、その内容は「忙しくて読んでいられないし、うちは海外探偵小説の雑誌だから、他の雑誌になら紹介してもいい」といった芳しくないものでした。孤蝶のときと同様、乱歩はこの反応に不満を抱き、「外国の作品に伍し得ると思ったらのせて下さい。伍し得ないとお考えだったら、少しも未練はないから、ほかの雑誌なんかに廻さな

いで、直ちにご返送下さい」という手紙を森下に送ります。青年らしい焦りと不遜さ以外なにものでもありませんが、無名の素人からの強気すぎる手紙に驚いた森下が慌てて原稿を読んでみたことが乱歩の作家デビューにつながりました。ときには、強気に出てみるものです。

モルヒネ【もるひね】

ケシを原料とするアルカロイドの一種。強い鎮痛・鎮静作用があるため医薬品として使用されていますが、依存性と毒性があり、致死量を超えて服用すると数分から2時間程度で死亡します。『屋根裏の散歩者』で凶器として使われました。

諸戸道雄【もろとみちお】

『孤島の鬼』の語り手である簑浦に、激しい同性愛感情を抱いている高貴な雰囲気の美青年。医大を卒業したあと、大学の研究室で奇妙な実験に従事

しています。簑浦とは学生時代に、神田の初音館という下宿屋に同宿したことがきっかけで知り合いました。

も

靖国神社【やすくにじんじゃ】

千代田区九段北にある神社。明治2年に幕末から明治維新にかけての志士を祀るために建てられ、当初は東京招魂社という名称でした。以後、軍人、軍属等の戦没者を祀るための神社となります。現在の名称となったのは明治12年から。『猟奇の果』は主人公が同神社の招魂祭を訪れるところからはじまりますが、彼の目的は猿芝居、曲馬、熊娘、牛娘などの見世物見物でした。今の靖国神社からは想像できません。

屋根裏の実体験
【やねうらのじったいけん】

乱歩は鳥羽造船所に勤めていたころ、3カ月ばかり仕事をさぼって独身寮の押入れで寝てばかりいたことがあります。壁にドイツ語で「孤独」を意味するアインザムカイト（EINSAMKEIT）などと落書きしていたそうです。このときの体験がのちに『屋根裏の散歩者』にいかされました。

山田貴敏【やまだたかとし】

漫画家。離島の診療所に赴任した医師と島民の交流を描いた代表作『Dr.コトー診療所』は累計1,000万部以上も発行され、テレビドラマ化されるなど大ヒットしました。その「Dr.コトー」を描く前の平成9年から11年にかけて、山田は乱歩の「少年探偵団」シリーズの漫画化を手がけています。この漫画での二十面相は「変装」をするのではなく、体の構造を自在に変えるという驚愕の設定でした。それは「変身」です。

ヤン・シュヴァンクマイエル
【やん・しゅゔぁんくまいえる】

チェコのシュルレアリスト芸術家、アニメーション作家。平成19年に彼が挿画を手がけた『人間椅子』が出版されています。

勇気凛々瑠璃の色
【ゆうきりんりんるりのいろ】

〈ほ、ほ、僕らは少年探偵団／勇気凛々瑠璃の色♪〉の歌いだしで有名な曲「少年探偵団」（作詞・檀上文雄、作曲・白木義信）が最初に流れたのは、昭和29年に大阪朝日放送が制作したラジオドラマ「少年探偵団」シリーズにおいてでした。耳に残るこの名曲はドラマとともに子供たちのあいだで大ヒットし、乱歩は「私は町を歩いて、子供たちが少年探偵団の歌を歌っているのを、しばしば耳にしたものである」と語っています。以後、同じ曲が昭和30年のニッポン放送制作のラジオドラマ・シリーズや昭和35年のフジテレビ制作のテレビドラマ・シリーズでも主題歌として使われました。

U公園の科学陳列館
【ゆーこうえんのかがくちんれつかん】

『悪魔の紋章』で、展示物の蝋人形が本物の若い女性の死体にすり替えられて飾られていた施設。U公園は上野公園のことと思われますが、同公園に科学陳列館という施設が存在したことはありません。おそらく、明治10年に教育博物館として創立された現在の国立科学博物館がモデルです。

郵便ポスト【ゆうびんぽすと】

乱歩作品では登場人物がさまざまな変装をしますが、『怪奇四十面相』で怪人四十（二十）面相は道端の郵便ポストに変装することで、小林少年の尾行をやり過ごしました。奇想天外すぎます。

『幽霊塔』【ゆうれいとう】

小中学生時代の乱歩が一番夢中になった作家が黒岩涙香でした。涙香は海外小説の登場人物を日本人に置き換え、ストーリーもある程度自由に改変した翻案小説を多数発表し、人気を博しました。乱歩がとくに気に入っていたのは『幽霊塔』で、中学1年生の夏休みに熱海旅行にいったさい、たまたま貸本屋から本作を借りてきて読みだすと、その怖さと面白さに夢中になってしまい、海で泳ぐこともなく食事の時間も惜しんで読みふけったそうです。このときの記憶があまりに強烈だったためか、のちに乱歩自身も『幽霊塔』をリメイクしています。原作は長年不明とされてきましたが、現在はA・M・ウィリアムソンの『灰色の女（A Woman In Grey）』（1898年）であることが明らかになっています。

ゆ

ゆなどきんがくのでるろも、とだんきすのをどすおさく、むくぐろべへれじしとよま
【ゆなどきんがくのでるろも、とだんきすのをどすおさく、むくぐろべへれじしとよま】

『怪奇四十面相』に登場する黄金どくろの謎を解くための暗号。かなりの難易度です。というか、これだけでは絶対に解けません。

夢野久作【ゆめのきゅうさく】

探偵小説作家。大正15年に『あやかしの鼓』が『新青年』の懸賞に入選してデビュー。このとき乱歩は選者のひとりでしたが、他の選者が褒めるなか、乱歩だけは「この作のよさはわかりません」と低評価でした。さらに、「少しも準備のない、出たとこ勝負でちょっとばかり達者な緞帳芝居を見ている感じです」とキツイことをいっています。このように最初は乱歩の印象は良くなかったものの、昭和4年に夢野が『押絵の奇蹟』を発表すると評価は一転。この作品を乱歩は絶賛し、後年にいたるまで「探偵文壇既往の全作品を通じ恐らく一番好きなものである」とまで語っています。ただ、夢野の代表作『ドグラ・マグラ』については、やはり理解できないといっているので、この作者のある面にかんしては最後までピンと来なかったようです。

「ユルシテ」「ユルス」
【ゆるして・ゆるす】

両手両足がなく、五感も視覚と触覚しか残されていない夫の両目を、なかば無意識、なかば意識的に潰した妻が、夫の胸に指で書いた言葉と、それへの夫からの返信。日本一短い愛の手紙です。『芋虫』より。

予告作家【よこくさっか】

人気作家ながら寡作の乱歩は、雑誌から注文を受けても断ってしまうことが大半でした。ですが、とりあえずなんでもいいから乱歩の名前を出しておこうということで、勝手に次号予告に載せられてしまうこともありました。『オール読物』で乱歩の新作として予告された『消えた曲馬団』や、『文芸春秋』で予告された『蛇男』などは編集部がねつ造したもので、存在しない作品です。しかも、作品内容まで説明してあったというから驚きです。

横溝正史【よこみぞせいし】

探偵小説作家。代表作は、『本陣殺人事件』、『八つ墓村』、『犬神家の一族』など多数。大正10年、18歳のときに雑誌『新青年』に『恐ろしき四月馬鹿』

ゆ

が掲載されているので、じつは乱歩よりも作家デビューは2年も早いことになります。ただ、これは懸賞小説の応募に入選したもので、いったん家業を継いだ横溝が作家を本業とするのはもう少し遅れます。ともあれ、ほぼ同時期に探偵作家となった横溝と乱歩は、横溝が8歳年下なものの、終生変わらない友人となり、ライバルとなりました。また、乱歩の後押しで横溝が『新青年』の編集長を務めていた時期もあり、作家と編集者の関係だったこともあります。編集者としての横溝は、『パノラマ島綺譚』と『陰獣』を世に送り出したという功績を残しています。ふたりはあまりにも距離が近すぎたためか、ときには仲違いをすることもありましたが、乱歩は「横溝正史君は私の文芸上の嗜好について、実力について、その他私の心裏の可なり微妙な点まで知り尽くしている恐ろしき友人である。私の旧作を最も多く読み、それらの作品の行間から私の心裏の秘密を洞察していること、横溝君の如き人を他に知らない。同君と私とはまるで嗜好の一致しない点もあるが、ある部面では共通の性格を持ち、その限りに於いて非常によく分かり合えるのである」と記しています。乱歩と横溝、このふたりの巨人が今日に至るまでの探偵小説界隆盛の礎を築いた最大の功労者であることは間違いありません。

横山光輝【よこやまみつてる】

漫画家。『鉄人28号』や『伊賀の影丸』、『魔法使いサリー』、『三国志』などの作者で、幅広い作風で知られていますが、昭和45年に乱歩の『白髪鬼』を漫画化しています。また、その前年には『白髪鬼』を翻案したような『闇の顔』という作品も描いています。

佳子【よしこ】

『人間椅子』のヒロインで、外務省書記官の夫をもつ美しい閨秀作家。「閨秀」とは、才能豊かな女性のことです。

夜の楽観【よるのらっかん】

『灰神楽』で、人を殺してしまった主人公が、昼間はいつ犯罪がばれるかとビクビクしているのに、夜寝床に入ると、なぜか楽観的になってしまう特異な精神状態を指した言葉。それにしても、昼間は心配のあまり放心しているのに、夜になった途端「オオ、俺は何という幸運児だろう」と有頂天になってしまうのは、かなりマズい状態といえます。犯罪者の精神状態とは、そのようなものかもしれませんが。

よ

落語【らくご】

現在の末広亭

小学生のころ名古屋の富本席で聞いて以来、乱歩は落語のファンになりました。独身時代は夕食後、毎晩のように本郷の若竹亭に通ったといいます。作家になってから落語界とも交流ができ、昭和22年に人形町末広亭の楽屋で、小さん、円生、馬楽などと談笑したり、翌年には新宿末広亭で、志ん生、柳枝、文治などの落語に混じって「探偵小説と落語」の講演をしたりしました。また作中にも落語が登場することも意外と多く、『猟奇の果』には若竹亭の名が、『三角館の恐怖』には文楽や志ん生、松鶴の名が、『ぺてん師と空気男』には「仇討屋」や「付き馬」、「花見の仇討」、「宿屋の仇討」などの演目の名が出てきます。

「ラヘ∨ⵣ∧⼂∧ⵥ十」【ら∨ⵣめ∝ℸℶ十】

『電人M』で、火星人が少年探偵団員の長島くんに話しかけた言葉。意味は不明です。

「乱歩奇譚
Game of Laplace」
【らんぽきたんげーむおぶらぷらす】

平成27年にフジテレビ系で放送されたテレビアニメ。『人間椅子』や『影男』、『恐ろしき錯誤』など乱歩のさまざまな作品が原案となっていますが、高校生のアケチコゴロウと中学生のコバヤシが現代を舞台に活躍するオリジナル作品です。

乱歩せんべい「二銭銅貨」【らんぽせんべいにせんどうか】

三重県名張市出身の乱歩のデビュー作にちなんで、昭和30年から同地で作られるようになった菓子。表面に二銭銅貨の図案が焼きつけてありました。現在も名張市では同名の菓子が売られており、その他、「乱歩ぱい」や乱歩にちなんだお酒などが地元の名物として

絶賛発売中です。

硫酸殺人事件
【りゅうさんさつじんじけん】

『石榴』のなかで語られる、10年前に起きた未解決事件。その事件は、夜更けの空き家で、無理やり硫酸を飲まされて死んだ男の遺体を絵描きの青年が写生していたという不思議なものでした。

両国国技館
【りょうごくこくぎかん】

『吸血鬼』で、明智小五郎の女助手である文代さんと唇のない男が死闘を繰り広げた場所。ただし、この両国国技館は明治42年に本所回向院の境内に建てられた初代・両国国技館のことです。現在の墨田区横網一丁目にある両国国技館は、昭和60年に2代目として建てられました。

旅順開戦館
【りょじゅんかいせんかん】

日露戦争における旅順海戦の様子を再現したジオラマを照明などの変化で迫力たっぷりに演出した見世物。明治の末ごろ、少年時代の乱歩は名古屋の博覧会でこれを見て感激し、家に帰るとさっそく四畳半の自室いっぱいに小型の旅順開戦館を造って近所の子供たちに見せて遊んだそうです。じつは、旅順開戦館の正しい名称は旅順海戦館で、乱歩は同じ思い出をもっていた作家の稲垣足穂から指摘されるまで誤って覚えていました。

林檎のような頬
【りんごのようなほほ】

といえば、小林少年のトレードマーク。昭和5年の『吸血鬼』での初登場

ら

から昭和37年の『超人ニコラ』まで、小林少年の頬は変わらず輝き続けていました。

類別トリック集成
【るいべつとりっくしゅうせい】

乱歩は昭和28年に評論家の中島河太郎をはじめとする多数の協力者の力を借りながら、内外の探偵小説に見られるトリックを800以上収集、分類した「類別トリック集成」を作成しています。これは雑誌『宝石』に2回にわけて掲載され、翌年刊行された評論集『続・幻影城』に加筆のうえ収録されました。トリックは大きく9つに分類され、さらにそれぞれのなかで細かく分類されています。9つの分け方は以下の通りです。1・犯人（又は被害者）の人間に関するトリック。2・犯人が現場に出入りした痕跡についてのトリック。3・犯行の時間に関するトリック。4・兇器と毒物に関するトリック。5・人及び物の隠し方のトリック。6・其他の各種トリック。7・暗号記法の種類。8・異様な動機。9・トリッキイな犯罪発覚の手がかり。

レジスタンス【れじすたんす】

戦争で四肢を失った軍人の悲惨な境遇を描いたため、『芋虫』は右翼から叩かれ、戦争中は発売禁止となりましたが、反対に左翼には発表当時から反戦文学として激賞されました。しかし、乱歩は自作について、「極端な苦痛と快楽と惨劇とを描こうとした小説で、それだけのものである。強いていえば、あれには「物のあわれ」というようなものが含まれていた。反戦よりはその方がむしろ意識的であった」と語っています。また、「私はむろん戦争は嫌いだが、そんなことよりも、もっと強いレジスタンスが私の心中にはウヨウヨしている。例えば「なぜ神は人間を作ったか」というレジスタンスの方が、戦争や平和や左翼よりも、百倍も根本的で、百倍も強烈だ。それは抛っておいて、政治が人間最大の問題であるかの如く動いている文学者の気が知れない。文学はそれよりももっと深いところにこそ領分があったのではないか」と、左翼文学者に皮肉をいっています。「私は～」以下は非常に共感できる、個人的にもっとも好きな乱歩の言葉です。

恋愛不能者【れんあいふのうしゃ】

乱歩は自身のことを「恋愛不能者」と定義しています。乱歩いわく、「恋愛の情熱は、その高度なるものは、宗教的情熱と近似している。広い意味の神を否定し得ず、又信仰者の心境を羨みながら、如何にしても信仰に入り得な

い性格があると同様に、至上の恋愛に憧れながらも、自ら恋愛し得ざる性格がある。その悲しみは、描かざる画家、歌わざる詩人の悲しみにも譬うべきであろう」とのこと。この告白がどこまで正直なものかはわかりませんが、乱歩作品のなかに隠しようのない、女性嫌悪、女性恐怖の要素があることはたしかです。

レンズ嗜好症【れんずしこうしょう】

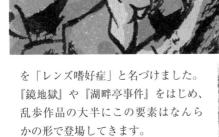

物を拡大したり縮小したり歪めたり、遠くの物を見せたりしてくれるレンズや鏡、またそれらを利用した写真機、望遠鏡、幻灯機といったものに乱歩は幼少期から耽溺していて、みずからそれを「レンズ嗜好症」と名づけました。『鏡地獄』や『湖畔亭事件』をはじめ、乱歩作品の大半にこの要素はなんらかの形で登場してきます。

連想診断法【れんそうしんだんほう】

『D坂の殺人事件』と『心理試験』に出てくる心理テスト。ある言葉（刺激語）を与えて、それから連想する言葉を答えさせることで被験者の潜在意識を明らかにするというものです。実際に精神分析で使われていて、自由連想法ともいいます。アメリカの探偵作家ヴァン・ダインは1928年に発表した「推理小説二十則」で、これを使って犯人を明らかにすることを「自尊心のある作家なら避けるべき陳腐な手法」としています。ですが、乱歩の『心理試験』は、この心理テストの裏をかくというのが主題です。

レンブラントのS夫人像
【れんぶらんとのえすふじんぞう】

『奇面城の秘密』で怪人四十（二十）面相が狙った名画。レンブラント・ファン・レインはバロック期を代表する、17世紀オランダの画家で、光と影の明暗を強調する画法を得意としました。ただ、「S夫人像」というのが、レンブラントのどの絵のことなのかはわかりません。

レンブラントが描いた、自身の妻サスキア・ファン・オイレンブルフの肖像画

165

6◎2・11◎3
【ろくみぎに・じゅういちひだりさん】

『黄金仮面』に出てきた、隠し部屋に入るための暗号。意外と単純です。

六歌仙の金屏風
【ろっかせんのきんびょうぶ】

『心理試験』で事件解決の決め手となった屏風。
六歌仙とは、『古今和歌集』の序文に記された6人の歌人のことで、僧正遍昭、在原業平、文屋康秀、喜撰法師、小野小町、大伴黒主の6人を指します。

とで、それまでは本作で記されているような人通りもあまりない閑静な住宅街でした。

ロマノフ家のダイヤモンド
【ろまのふけのだいやもんど】

『怪人二十面相』で二十面相が狙った羽柴家の家宝。かつてロマノフ王家の宝冠を飾っていたもので、価格にして20万円とされています。本作が発表された昭和11年の大卒初任給が70円程度ですので、かなりの高額。ロマノフ家とは、17世紀のミハイル・ロマノフを始祖とするロシアの王朝のことで、1917年に勃発したロシア革命でニコライ2世が退位させられるまで続きました。

六本木に近い淋しい屋敷町
【ろっぽんぎにちかいさびしいやしきまち】

昭和13年に発表された『妖怪博士』の冒頭の一文。六本木がいまのような繁華街になったのは戦後も10年以上経ってからのこ

TOKYO RANPO MAP.6 千代田

　皇居を擁し、政治経済の重要拠点が密集する千代田区は、東京のみならず日本の中心地だ。しかし、そんなオフィシャルな場所にも闇はある。

東京駅のプラットフォームの人ごみの中に、一人の可愛らしい少年の姿が見えました。外ならぬ小林芳雄君です。

――『怪人二十面相』より

神田

『孤島の鬼』

箕浦と諸戸道雄が下宿屋の初音館ではじめて出会う。

靖国神社

『猟奇の果』

青木愛之助が友人にソックリな男を見かける。

御茶ノ水

独身時代の明智小五郎が「開化アパート」に探偵事務所を開設。

千代田区

麹町六番町

『妖虫』

老探偵・三笠龍介が暮らす古風な煉瓦造りの屋敷がある。

丸の内

『目羅博士の不思議な犯罪』

ビルの5階で連続首吊り自殺が発生。

有楽町

『怪奇四十面相』

劇場の楽屋にニセ明智が現れる。

鉄道ホテル

『怪人二十面相』

明智小五郎と二十面相がはじめて顔を合わせる。

※国土地理院・地理院地図を使用しています。

「分るかい。……罪の転嫁。……場合によっちゃ悪いことではない。殊に三千子さんの様な美しい存在をこの世からなくしない為にはね。あの人は君、全く悔悟しているのだよ」

【わかるかい。……つみのてんか。……ばあいによっちゃわるいことではない。ことにみちこさんのようなうつくしいそんざいをこのよからなくしないためにはね。あのひとはきみ、まったくかいごしているのだよ】

『一寸法師』での明智小五郎のセリフ。「罪の転嫁」というと聞こえはいいですが、ようするに、真犯人は若い美人でかわいそうだし、反省しているようだから、彼女の罪は別の悪人になすりつけてしまおうということです。さすがに、それはないよ明智さんと言いたくなります。

早稲田犯罪学大学
【わせだはんざいがくだいがく】

昭和4年に当時の探偵小説ブームに乗って設立された犯罪学を教えると称した学校。早稲田大学とはなんの関係もなく、また大学ですらなく、いまでいう一種の市民講座のようなものと思われます。乱歩はなかば無理やり、この学校の宣伝で教授として名前を載せられてしまいました。ですが、学校は1年たらずで潰れたそうです。

ワセダミステリクラブ
【わせだみすてりくらぶ】

早稲田大学の文芸サークル。略称は、W・M・C。昭和32年に同大OBの乱歩を顧問に迎えて発足し、折原一、北村薫、山口雅也など多数の作家を輩出しながら、現在も活発に活動しています。

私という人間は、不思議な程この世の中がつまらないのです。生きているという事が、もうもう退屈で退屈で仕様がないのです

【わたしというにんげんは、ふしぎなほどこのよのなかがつまらないのです。いきているということが、もうもうたいくつでたいくつでしようがないのです】

有閑階級が刺激を求めて夜ごと集う「赤い部屋」で、新入会員のT氏が開口一番語った言葉。このようなニヒリズムは、初期の乱歩作品に共通している感覚です。『赤い部屋』より。

「私、何だか恐しいのです」
【わたし、なんだかおそろしいのです】

『パノラマ島綺譚』のなかで菰田千代子が奇怪なパノラマ島の仕掛けを見せられ、幻惑されたさいのセリフ。続けて、「来てはならない所へ来た様な、見てはならないものを見ている様な気持ちなのですわ」とも。ここには、夫が別人にすり替わっているのではという疑念と、その夫が自分には理解でき

ない大事業にのめり込んでいることへの恐怖も込められています。ただ、さらに深読みをすれば、どこか別人とわかりながらも、その相手に惹かれつつある自分の心に怯えているという部分もゼロではないでしょう。そういう意味では、一抹の媚を含んだセリフと受け取ることもできます。

「私のSさん」【わたしのえすさん】

『化人幻戯』のなかで、若く美しい大実業家夫人の大河原由美子が女学校時代の女教師について、こう表現しています。「S」とはシスター（sister）の略で、大正時代の女学生の隠語です。少女同士、あるいは女教師などとの強い絆を意味しており、同性愛関係を暗示しています。

『乙女の港』は、昭和12年から翌年にかけて川端康成が雑誌『少女の友』に連載した小説。この小説の影響で、「エス」が急増したともいわれる

私は「昨日」も「明日」もないだけでなく、「今日」すらもない
【わたしはきのうもあしたもないだけでなく、きょうすらもない】

作品のなかに現実社会が描かれていな

いという批評に対して、乱歩はそれを事実としては認めつつ、こう反論しました。そのうえで、「時間を超越した永遠の人間心理を描きたいと思った」と語っています。

綿貫創人
【わたぬきそうじん】

『地獄の道化師』に登場する彫刻家。35、6歳の髪を長く伸ばしたヒョロ長い男で、自分で建てたアトリエにひとりで暮らしています。初登場時はかなり狂気めいた奇人でしたが、物語途中で明智小五郎の押しかけ弟子になると、懸命に捜査を手伝いました。わりと憎め

パリのモンパルナス

わ

ないキャラクターです。そんな綿貫は池袋の近くに住んでいます。大正末期から終戦後ぐらいまで池袋周辺には貸し住居付きアトリエが数多く存在し、多くの芸術家が暮らしていました。そこから「池袋モンパルナス」という呼称も生まれます。本家のモンパルナスはパリにあり、1920年代に芸術家たちが集った地区として有名です。

What ho! What ho! this fellow is dancing mad! He hath been bitten by the tarantula.

【わっとほー！わっとほー！でぃすふぇろーいずだんしんぐまっど！ひーはすびーんばいとぅんばいざたらんちゅら】

『恐ろしき錯誤』のなかの一文。エドガー・アラン・ポーの短編小説『黄金虫』のエピグラフからの引用ですが、ポーもイギリスの古い戯曲から引用しているようです。意味は「おや、おや！こいつ気が狂ったみたいに踊っている。タランチュラに咬まれたんだな」。

「ワハハハハハ、おれは人形だよ。メフィストの人形だよ。ワハハハハハ」

【わはははははは、おれはにんぎょうだよ。めふぃすとのにんぎょうだよ。わはははははは】

『妖星人Ｒ』における、怪人二十面相の異常にハイテンションなセリフ。本作での二十面相はほかにも「おれはＲすい星の大統領だ」など狂ったセリフが多く、なにか悪い薬でもやっているのではないかと疑いたくなります。そもそも本作自体、後半は終わりのないバッドトリップのような展開が連続するため、読んでいて頭がクラクラしてきます。

「わんぱく探偵団」
【わんぱくたんていだん】

乱歩の「少年探偵団」シリーズを原作としたテレビアニメ。昭和43年からフジテレビ系で放送されました。製作は虫プロダクションで、虫プロが手塚治虫原作以外のアニメを製作するのは、これが初。小林少年をはじめとする少年少女たち6人で構成されているわんぱく探偵団が、名探偵・明智小五郎とともに怪事件に立ち向かう本作には、いまだに根強いファンがいます。ちなみに、第1話「二十面相登場」を演出したのは、のちに劇場版「銀河鉄道999」の監督を務めた、りんたろうです。

江戸川乱歩
全小説紹介

大人向け小説

『二銭銅貨』
(初出：『新青年』大正12年4月号)

下駄屋の二階に下宿する「私」と松村は、電機工場から盗まれた5万円の行方に関心を持っていた。そんなある日、松村が5万円を手に帰宅。彼の語る二銭銅貨に隠されていた暗号とは？

『一枚の切符』
(初出：『新青年』大正12年7月号)

著名な文化人の妻が列車に轢かれて死に、当初は自殺と思われたが敏腕刑事は自殺に見せかけた他殺と主張。だが、探偵趣味の大学生・左右田五郎は1枚の切符から別の推理を展開する。

『恐ろしき錯誤』
(初出：『新青年』大正12年11月号)

愛する妻を火災で亡くした北川は、一度は逃げた妻が誰かに話しかけられ、燃えさかる自宅に飛び込んだと聞く。北川はかつての恋敵であった野本を疑い、彼に心理的闘争を仕掛ける。

『二癈人』
(初出：『新青年』大正13年6月号)

冬の湯治場で、隠遁者の井原は同宿の傷痍軍人である斎藤と懇意になっていた。井原が、夢遊病だった過去の自分が犯した犯罪について告白すると、斎藤は思いがけない言葉を口にする。

『双生児』
(初出：『新青年』大正13年10月号)

死刑囚の「私」は、獄中で教誨師に今まで黙っていた別の犯罪について告白する。それは、同じ顔をした双子の兄を殺して入れ替わり、財産と兄嫁を奪ったというものだった。

『D坂の殺人事件』
(初出：『新青年』大正14年1月増刊号)

D坂にある喫茶店「白梅軒」で明智小五郎という風変わりな男と知り合った「私」。2人は古本屋の女房が密室で絞殺された事件の謎を解こうとする。明智小五郎初登場作品。

『心理試験』
(初出：『新青年』大正14年2月号)

苦学生の蕗屋清一郎は友人の斎藤勇の下宿先の主の老婆を殺し、現金を奪った。蕗屋は判事の心理試験をクリアし、容疑は斎藤にかかる。しかし、そこに明智小五郎が乗り出してくる。

『黒手組』
(初出:『新青年』大正14年3月号)

従姉妹の冨美子が賊徒「黒手組」に誘拐された「私」は、明智小五郎に相談。明智は関係者の話で1カ月前から冨美子に不審な葉書が来ていたことを知り、事件の意外な真相を暴く。

『赤い部屋』
(初出:『新青年』大正14年4月号)

現実に飽きた遊民たちが集う「赤い部屋」。新入会員のTは、これまで退屈しのぎに100人近くを殺してきたが、その殺人方法は絶対に罪にならないものだと語り、会員たちを驚かせる。

『日記帳』
(初出:『写真報知』大正14年3月5日号)

内気だった弟が死んだ。兄は弟が残した日記帳と、遠縁の娘・雪枝が弟に送った絵葉書から、弟が胸に秘めていた恋心を解き明かしていく。——最後の一行の意外性が鮮烈かつ残酷。

『算盤が恋を語る話』
(初出:『写真報知』大正14年3月15日号)

造船会社の会計係Tは同僚の事務員Sに片思いをしていた。だが、気弱な彼は告白する勇気がもてず、苦心の末、算盤の数字を恋文にすることを思いつく。Tの気持ちはSに伝わるのか?

『幽霊』
(初出:『新青年』大正14年5月号)

実業家の平田は自分を仇として狙う辻堂が病死したことを聞き、安堵した。だが、数日後から辻堂の影が身辺に出没し、恐慌状態に陥る。そんなとき、通りがかった青年に助けられ……。

『盗難』
(初出:『写真報知』大正14年5月15日号)

ある宗教団体の教会に、蓄えられた多額の寄付金を今夜奪いに行くという犯行予告が届いた。雑用係の「私」は教会の主任と巡査とともに警護にあたるが、事件は意外な展開を見せる。

『白昼夢』
(初出:『別冊宝石』昭和29年11月号)

暑い日の午後、男が群集に囲まれながら何かを熱心に弁じ立てていた。彼は、浮気性の妻を殺して遺体を水に漬け、屍蝋にしたという。さらに屍蝋のいい隠し場所を見つけたといい……。

『指輪』
(初出:『新青年』大正14年7月号)

汽車のなかで再会した2人の男。彼らは先日起きたダイヤの指輪盗難事件の現場に居合わせていた。1人が自分はその犯人だと告白するが……。会話だけで構成された作品。

『夢遊病者の死』
(初出:『苦楽』大正14年7月号)

不仲な父と暮らしている彦太郎は、ある日目覚めると父が庭の籐椅子にもたれたまま死んでいるのを発見した。夢遊病者だった彦太郎は、自分が寝ている間に父を殺したのではと怯える。

『百面相役者』
(初出:『写真報知』大正14年7月15日号)

変装術によって次々顔を変える百面相役者を観た帰り、先輩のRは「僕」に、墓から死体の首が連続して盗まれた事件の新聞記事を見せた。その首のひとつは役者の変装にそっくりで……。

『屋根裏の散歩者』
(初出:『新青年』大正14年8月増刊号)

この世に退屈していた郷田三郎は、あるとき下宿の押し入れから屋根裏に行けることに気づいた。他人の私生活を覗き見る快楽に耽るうちに、郷田はある下宿人の殺害計画を立てる。

『一人二役』
(初出:『新小説』大正14年9月号)

妻帯者で高等遊民のTは女遊びにも飽き、奇妙な趣向を思いつく。それは、別人に変装して自分の妻を誘惑し、そのスリルを楽しもうというものだった。はじめは思惑通りに進むが……。

『疑惑』
(初出:『写真報知』大正14年9月15日号)

Sの父親が自宅の庭で死んでいた。Sは母にも兄にも妹にも父を殺す動機と機会があったと考え、家族に疑いの目を向ける。本作は『指輪』同様、Sと友人の会話だけで構成されている。

『人間椅子』
(初出:『苦楽』大正14年10月号)

閨秀作家の佳子のもとに届いた1通の手紙。そこには、自分の作った椅子に入り込んで暮らしていた男の奇怪な体験談が記されていた。そして、いま佳子の座っている椅子こそが……。

『接吻』
(初出:『映画と芸術』大正14年12月号)

新婚の山名宗三は、ある日帰宅すると、妻が1枚の写真を抱きしめ、接吻している光景を目撃してしまう。山名は嫉妬に狂い……。オチは乱歩にしては軽いが、女性不信も色濃い。

『踊る一寸法師』
(初出:『新青年』大正15年1月号)

サーカス団の酒盛りがはじまると、酒の飲めない一寸法師の緑さんは団員たちに苛められた。やがて団員たちが隠し芸を見せ合うことになったが、そこで緑さんは異様な手品を披露する。

『闇に蠢く』
(初出:『苦楽』大正15年1月号)

画家の野崎は何かに怯える恋人のお蝶と山奥のホテルに逗留するが、数日後、彼女は行方不明に。お蝶を探し求めているうちに野崎は洞窟に閉じ込められ、そこで恐ろしい秘密を知る。

『湖畔亭事件』
(初出:『サンデー毎日』大正15年1月3日号)

レンズ嗜好症で覗き見趣味をもつ「私」が山中の旅館で湯殿を覗いていると、殺人の瞬間を目撃してしまう。だが、駆けつけても湯殿に死体はなかった。果たして幻を見たのか……。

『毒草』
(初出:『探偵文藝』大正15年1月号)

友人と散歩していた「私」は、小川のほとりに生える植物に目をとめた。それは堕胎の妙薬で、「私」は友人に得意げに効能を説明するが、その話を背後で聞いている1人の妊婦がいた。

『覆面の舞踏者』
(初出:『婦人之国』大正15年1月号)

「私」は友人に誘われ、刺激を求める金持ちたちの秘密倶楽部「二十日会」に入会する。会主催の仮面舞踏会に参加した「私」は、顔の見えない相手の女性に不思議な既視感を覚え……。

『灰神楽』
(初出:『大衆文藝』大正15年3月号)

貧乏画家の河合庄太郎は、パトロンで恋敵の奥村一郎をはずみから拳銃で射殺してしまう。河合はこの事件を被害者の弟の二郎が引き起こした事故に見せかけようと画策するが……。

『火星の運河』
(初出:『新青年』大正15年4月号)

にぶ色の闇に覆われ、音も匂いもない世界で目覚めた「私」は、大森林のなかを彷徨い歩き、やがて銀色の水を湛えた沼にたどり着く。散文詩のようなシュールで幻想的な作品。

『モノグラム』
(初出:『新小説』大正15年6月号)

栗原一造は偶然、かつて片思いをしていた女性の弟と知り合った。弟は栗原に、夭折した姉の遺品の懐中鏡を見せ、その中に隠されていた栗原の写真を取り出す。……オチはかなり皮肉。

『お勢登場』
(初出:『大衆文藝』大正15年7月号)

肺病病みの格太郎は妻・おせいの不倫を知りつつ、未練から離婚できなかった。ある日、子供たちと隠れん坊をしていた格太郎は長持ちに閉じ込められてしまう。そこに妻が帰宅し……。

『人でなしの恋』
(初出:『サンデー毎日』大正15年10月1日
秋季特別〈小説と講談〉号)

京子は町の名士で美青年の門野のところに嫁入りをした。当初は幸福な新婚生活だったが、彼女は蔵のなかで驚くべき光景を目にしてしまう。

『鏡地獄』
(初出:『大衆文藝』大正15年10月号)

「彼」は幼いころから鏡やレンズ、ガラスなどに執着していた。やがて「彼」は内側に鏡を張り巡らせた球体を作り、その中に入り込む。そして、出てきたときには発狂していた。

『木馬は廻る』
(初出:『探偵趣味』大正15年10月号)

廻転木馬のラッパ吹きを務める初老の格二郎の楽しみは、切符売りの少女・お冬とのささやかな交流だけだった。ある日、格二郎は若い男がお冬のポケットに封筒を押し込むのを目撃する。

『パノラマ島綺譚』
(初出:『新青年』大正15年10月号)

売れない作家の人見廣介は自分そっくりの富豪が死んだことを知り、その男に成りすまして莫大な財産を入手。そして、孤島に理想郷の建設をはじめるが、富豪の妻が疑いを抱きだし……。

『一寸法師』
(初出:『東京朝日新聞』および『大阪朝日新聞』
大正15年12月8日号)

人間の腕を持ち歩く「一寸法師」が目撃され、百貨店のマネキンの腕が人間の腕とすり替わる事件が起きる。依頼を受けた明智小五郎は……。

『陰獣』
(初出:『新青年』昭和3年8月増刊号)

探偵作家の「私」は人妻の小山田静子から、謎の探偵作家・大江春泥に脅迫されているという相談を受けた。「私」と静子の関係が急速に深まっていくなか、事件の真相は二転三転する。

『芋虫』
(初出:『新青年』昭和4年1月号)

戦争で四肢と視力と声を失った夫と、それを介護する妻。妻は芋虫のような夫の姿に愛憎と嗜虐心を覚える。そして、その感情が極限まで達したとき、彼女は思わぬ行動に出てしまう。

『孤島の鬼』
(初出:『新青年』昭和4年1月号)

美しい青年・箕浦の恋人が殺された。事件の謎を自分に思慕を抱く年上の友人・諸戸道雄とともに追ううちに、2人は諸戸の故郷である孤島に戦慄すべき秘密が隠されていることを知る。

『押絵と旅する男』
(初出:『新青年』昭和4年6月号)

汽車のなかで「私」は、風呂敷に包まれた荷物を持つ紳士と出会う。風呂敷の中身は洋装の老人と振袖姿の少女の押絵細工だった。生きているように見える押絵の秘密を紳士は語りだす。

『蟲』
(初出:『改造』昭和4年6月号)

病的な人嫌いの柾木愛造は初恋の相手である木下芙蓉に必死の思いで告白するが、一笑に付されてしまう。どうしても彼女を独占したい柾木は木下を殺し、死体を手に入れたものの……。

『蜘蛛男』
(初出:『講談倶楽部』昭和4年8月号)

殺人鬼「蜘蛛男」は次々と女性を殺し、その死体を石膏像に塗り込めたり、水族館の水槽に浮かべる。犯罪学者の畔柳博士が事件解決に乗り出すが……。物語後半に明智小五郎登場。

『何者』
(初出:『時事新報』昭和4年11月27日号)

陸軍少将の家に強盗が入り、息子の弘一が銃で撃たれた。弘一の友人が容疑者として逮捕されるが、少将の客である謎の男・赤井が真相を暴く。そして最後に明かされる赤井の正体。

『猟奇の果』
(初出:『文藝倶楽部』昭和5年1月号)

猟奇趣味の遊民・青木愛之助は知人と瓜二つの男を目撃した。青木はこの謎を追うが、やがて失踪。捜査に乗り出した明智小五郎が、事件の背後にいる秘密結社「白蝙蝠」の陰謀に挑む。

『魔術師』
(初出:『講談倶楽部』昭和5年7月号)

湖畔のホテルで静養していた明智小五郎は宝石商の娘・妙子と知り合う。妙子の叔父の福田に奇妙な脅迫状が届き、明智は妙子から助力を頼まれるが……。のちの明智夫人・文代が初登場。

『黄金仮面』
(初出:『キング』昭和5年9月号)

怪人「黄金仮面」が博覧会から大真珠を盗んで逃げた。数日後、鷲尾侯爵邸に「黄金仮面」から予告状が舞い込む。やがて、明智小五郎は賊が世界的に有名なあの男であることに気づく。

『吸血鬼』
(初出:『報知新聞』昭和5年9月27日号)

美貌の未亡人を巡って三谷と岡田は決闘を行い、岡田が敗れた。その後、未亡人の周囲で次々と殺人が起こり、三谷は明智小五郎に事件解決を依頼するが……。小林少年が初登場。

『盲獣』
(初出:『朝日』昭和6年1月号)

誘拐された浅草の踊り子・水木蘭子は、気がつくと奇怪なオブジェだらけの地下室にいた。そこに盲目の男が現れ、「触覚の世界」の魅力を語る。蘭子は男と奇妙な同棲をはじめるが……。

『白髪鬼』
(初出:『富士』昭和6年4月号)

子爵の大牟田敏清は妻と幸福に暮らしていたが、陰謀により墓所に閉じ込められてしまう。死の恐怖で白髪となった敏清は、墓所を抜け出て復讐を誓った。黒岩涙香の翻案小説の再翻案。

『目羅博士の不思議な犯罪』
(初出:『文藝倶楽部』昭和6年4月増刊号)

上野動物園の猿の檻の前で若い男と知り合った江戸川乱歩は、男の体験した不思議な話を聞かされる。それは、丸の内のビルの5階の北側の窓で首吊りが3件も続いたというものだった。

『地獄風景』
(初出:『探偵趣味』(平凡社版『江戸川乱歩全集付録』)昭和6年5月号)

大富豪の喜多川治良右衛門がジロ娯楽園という奇怪な遊園地を建造し、男女7人の悪友を招待した。そして、大量虐殺の幕が開く。

『恐怖王』
(初出:『講談倶楽部』昭和6年6月号)

資産家令嬢の遺体を霊柩車から奪ったロイド眼鏡の男とゴリラに似た大男は、資産家から大金を脅し取った。次に凶賊たちが狙ったのは、探偵作家・大江蘭堂の許嫁だった。

『鬼』
(初出:『キング』昭和6年11月号)

長野県の山村で探偵作家の殿村と友人の大宅は素性のわからない若い女性のバラバラ死体を見つけた。状況から被害者は大宅の婚約者、犯人は大宅と密会していた雪子と目されるが……。

『火縄銃』
(初出:『江戸川乱歩全集 第十一巻』昭和7年4月)

密室で起きた火縄銃による殺人事件。被害者の弟が容疑者にされるが、現場に残されていた水瓶から、奇人の橘が鮮やかな推理を見せる。乱歩が大学生時代に書いた習作。

『妖虫』
(初出:『キング』昭和8年12月号)

探偵趣味の青年・相川守は、ふとしたきっかけから失踪中の女優惨殺現場を目撃し、犯人の赤蠍一味の次なる標的が自分の妹であることを知る。守は老探偵・三笠竜介に助力を請うが……。

『黒蜥蜴』
(初出:『日の出』昭和9年1月号)

大阪の宝石商のもとに令嬢の誘拐予告が届いた。身辺警護をする明智小五郎を、令嬢と懇意の緑川夫人が挑発するが、夫人こそが女賊・黒蜥蜴であった。探偵と女賊の駆け引きがはじまる。

『人間豹』
(初出:『講談倶楽部』昭和9年1月号)

猫科の大型獣を思わせる怪人・人間豹こと恩田は次々と美女をさらっては惨殺した。明智小五郎は犠牲者の恋人に依頼されて事件解決に乗り出すが、人間豹の魔の手が明智夫人に迫る。

『石榴』
(初出:『中央公論』昭和9年9月号)

探偵小説を愛読する刑事の「私」は、温泉宿で同好の士である猪又という紳士と親しくなった。そこで「私」は、過去に自分が解決した「硫酸殺人事件」の顛末について語りだすが……。

『緑衣の鬼』
(初出:『講談倶楽部』昭和11年1月号)

探偵作家の大江白虹は、巨大な影に襲われる女性を助けた。やがて、彼女の夫は殺され、緑色の怪紳士が蠢きだす。フィルポッツの『赤毛のレドメイン家』を乱歩流に書き改めた作品。

『大暗室』
(初出:『キング』昭和11年12月号)

異父兄弟の有明友之助と大曽根龍次は、父の代からの因縁をもつ宿敵同士だった。正義の貴公子・友之助と、大暗室と呼ぶ地底王国を築いた龍次の戦いが帝都を舞台に繰り広げられる。

『幽霊塔』
(初出:『講談倶楽部』昭和12年3月号)

叔父が購入した時計屋敷を訪れた北川光雄は、そこで時計塔のねじを巻く謎めいた美女と出会った。屋敷に隠された幕末の豪商の財宝と美女の秘密とは? 黒岩涙香の翻案小説の再翻案。

『悪魔の紋章』
(初出:『日の出』昭和12年9月号)

会社重役の家に届いた脅迫状。法医学の権威である宗像博士が乗り出すが、次々と殺人が起こり、現場には渦が3つある奇妙な指紋が残されていた。やがて、明智小五郎も捜査に加わる。

『暗黒星』
(初出:『講談倶楽部』昭和14年1月号)

家族が殺される夢を三晩続けた見た資産家の息子で美青年の伊志田一郎は明智小五郎に相談。明智は伊志田邸に泊まり込むが、犠牲者が相次ぎ、ついには明智も凶弾に倒れてしまう……。

『地獄の道化師』
(初出:『富士』昭和14年1月号)

自動車から投げ出された石膏像の中に女性の死体が塗り込められていた。そして、被害者の妹の前に現れる不気味な道化師の影。明智小五郎が事件の真相と意外な動機を解き明かす。

『幽鬼の塔』
(初出:『日の出』昭和14年4月号)

素人探偵の河津三郎は好奇心からある男の鞄をすり替えてしまった。それに気づいた男は上野の五重塔で首吊り自殺をしてしまう。シムノンの『サン・フォリアン寺院の首吊り人』の翻案。

『偉大なる夢』
(初出:『日の出』昭和18年11月号)

太平洋戦争中、五十嵐博士はアメリカ本土を爆撃できる新型戦闘機を開発した。この情報を知ったアメリカのスパイと、新型機を守ろうとする憲兵の死力を尽くした戦いがはじまる。

『断崖』
(初出:『報知新聞』昭和25年3月1日)

K温泉近辺の断崖で一組の男女が語り合っていた。女は一年前に夫が自分を殺そうとしたときの顛末を語りだすが、その裏には意外な事実が隠されていた。ほぼ会話だけで構成された作品。

『三角館の恐怖』
(初出:『面白倶楽部』昭和26年1月号)

川辺に建つ三角館と呼ばれる洋館には双生児の蛭峰兄弟が暮らしていた。長年、兄弟は遺産を巡って対立しており、ついに殺人が起こる。スカーレットの『エンジェル家の殺人』の翻案。

『兇器』
(初出:『大阪産業経済新聞』昭和29年6月13日号)

女性が短刀で襲われる事件が発生。現場に兇器は残されておらず、ただ窓ガラスが1枚割れていた。警察の相談を受けた明智小五郎は「見えない兇器」を見つけ出す。

『化人幻戯』
(初出:『別冊宝石』昭和29年11月号)

庄司武彦は大実業家に秘書として仕えながら、その若き夫人に惹かれていた。やがて夫人の周辺で殺人事件が発生。事件解決に乗り出した明智小五郎は犯人の特異な性格と対峙する。

『影男』
(初出:『面白倶楽部』昭和30年1月号)

都市の闇に生息し、恐喝を生業としている影男と、金銭で人殺しを引き受ける殺人請負会社の丁々発止の騙し合い。そして、そこに明智小五郎が加わり、知的闘争は三つ巴となる。

『月と手袋』
(初出:『オール讀物』昭和30年4月号)

人妻と不倫をしていた北野克彦は、不倫相手の夫を殺してしまう。北野は殺害の瞬間を自身が目撃するというアリバイ工作を図るが……。警察の助言者として明智小五郎が名前のみ登場。

『防空壕』
(初出:『文藝』昭和30年7月号)

戦争中の大空襲の夜。市川清一は逃げ込んだ防空壕のなかで美しい女と出会い、死の恐怖のなか情欲の限りを尽くす。だが、この出来事の裏には、市川の知らない恐ろしい真実があった。

『十字路』

(書き下ろし・初刊『書下し長編探偵小説全集1 十字路』昭和30年10月)

妻を殺してしまい、死体を隠そうとする実業家の伊勢省吾と、売れない画家の相馬良介。不思議な偶然から2人の運命が十字路で交差する。

『妻に失恋した男』

(初出『産業経済新聞』昭和32年10月6日)

「妻が自分を愛してくれない」という理由で拳銃を口にくわえて自殺した夫。しかし、その動機に不審を抱いた刑事は、執念深い捜査によって隠されていた真相を明らかにする。

『ぺてん師と空気男』

(書き下ろし・初刊『書下し推理小説全集1 ぺてん師と空気男』昭和34年11月)

「空気男」と渾名される野間五郎は奇妙な紳士と知り合い、「いたずら」の世界にのめり込んでいく。だが、野間は紳士の妻に惹かれ……。

『堀越捜査一課長殿』

(初出『オール讀物』昭和31年4月号)

警視庁の堀越捜査一課長のもとに一通の分厚い封書が届いた。そのなかには、5年前に迷宮入りとなった不可解な事件の真相が綴られていた。真実を知った堀越は驚嘆する。

『指』

(初出『ヒッチコック・マガジン』昭和35年1月号)

右手を失ったピアニスト。手術から目覚めた彼が自分の手がないことを知らないままピアノを弾こうとすると……。小酒井不木との合作『ラムール』が原型。

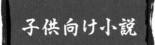

子供向け小説

『怪人二十面相』

(初出『少年倶楽部』昭和11年1月号)

そのころ東京中が変装の名人である怪人二十面相の噂で持ちきりだった。怪盗が狙うのはロマノフ家の秘宝。それに対し、明智小五郎と小林少年が立ち上がり、少年探偵団が結成される。

『妖怪博士』

(初出『少年倶楽部』昭和13年1月号)

怪人物・蛭田博士の催眠術によって少年探偵団団員の家から機密書類が盗まれた。この事件に明智小五郎と殿村弘三という2人の探偵が挑む。そして、明智は殿村と蛭田の意外な正体を暴く。

『少年探偵団』

(初出『少年倶楽部』昭和12年1月号)

都内を席巻する「黒い魔物」が、少年探偵団の篠崎始の家から白毫の宝石を盗んだ。続いて、始の妹と小林少年が誘拐されてしまう。明智小五郎は魔物の正体について推理を巡らせる。

『大金塊』

(初出『少年倶楽部』昭和14年新年特大号)

小学六年生の宮瀬不二夫が父と暮らす洋館から、江戸時代の豪商が残した1億円の金塊の在り処を示す暗号文書が盗まれた。明智小五郎と小林少年たちが、財宝を狙う女賊と対決する。

『新宝島』
(初出:『少年倶楽部』昭和15年4月号)

騙されて海賊船に乗せられてしまった小学六年生の仲良し3人組は、なんとか船を脱出して島に流れ着いた。そこで始まるサバイバル生活……。少年探偵団の登場しない純粋な冒険物。

『智恵の一太郎』
(初出:『少年倶楽部』昭和17年新年号)

小学生の明石一太郎は「智恵の一太郎」と呼ばれる利発な少年で、今日も友人を悩ます小さな事件を科学的思考で解決する。乱歩が小松竜之介名義で発表した教育的要素の強い連作短編。

化人幻戯

江戸川乱歩文庫・17

『青銅の魔人』
(初出:『少年』昭和24年新年特大号)

全身を金属で覆われた青銅の魔人が銀座の時計店から大量の懐中時計を奪った。魔人の次の狙いは「皇帝の夜光時計」。小林少年は青銅の魔人を追うが……。チンピラ別働隊が初登場。

『虎の牙』
(初出:『少年』昭和25年新年号)

小林少年と天野勇一は魔法博士を名乗る奇妙な紳士に誘われ、彼の家で奇術を見せられた。だが、その途中で勇一が忽然と消失する。さらに、次々と誘拐される少年探偵団団員たち。

『透明怪人』
(初出:『少年』昭和26年1月号)

洋服の下に体のない透明怪人が東京のあちこちに出没。怪人は島田家の家宝の真珠塔を盗み、少年探偵団副団長の大友少年の姿も消し去る。……透明な人間は本当に存在するのか?

『怪奇四十面相』
(初出:『少年』昭和27年1月号)

拘置所に捕らわれていた怪人二十面相は、大胆にも怪人四十面相へ名前を変えることを世間に宣伝する。そして、脱走した四十面相は次なる獲物として、謎の秘宝「黄金どくろ」を狙う。

『宇宙怪人』
(初出:『少年』昭和28年新年特大号)

銀座で空飛ぶ円盤が目撃され、丹沢山中でも円盤のなかから有翼のトカゲの怪物が出現した。世間を騒がせる宇宙怪人の正体とは? そして、この事件に隠されていた本当の意味とは?

『鉄塔の怪人』
(初出:『少年』昭和29年新年大発展号)

怪しい老人からのぞきカラクリを見せられた小林少年は、鉄の城の上を人間ほどの大きさのカブトムシが這っている光景を目の当たりにした。数日後、銀座に巨大なカブトムシが現れ……。

『海底の魔術師』
(初出:『少年』昭和30年新年大発展号)

房総半島の大戸村近辺で「鉄の人魚」が出没。10日後、少年探偵団の宮田賢吉は暴漢に襲われていた男から黒い小さな箱を託される。箱の中には海底に沈む金塊の秘密が隠されていた。

『灰色の巨人』
(初出:『少年クラブ』昭和30年1月号)

デパートから真珠の宝物を盗んだ「灰色の巨人」の次の標的は銀座の宝石店だった。警備を依頼された明智小五郎と少年探偵団の前に、謎の少女と一寸法師、灰色の服を着た大男が現れる。

『黄金の虎』
(初出:『讀賣新聞』昭和30年9月12日号)

小林少年と少年探偵団団員の野呂一平は魔法博士を名乗る謎の老人から、知恵比べを申し込まれる。それは、純金製の虎の像を奪い合うというものだった。連載時の題は『探偵少年』。

『魔法博士』

(初出:『少年』昭和31年1月号)

少年探偵団の井上一郎と野呂一平は怪しげな魔法博士にさらわれ、彼のアジトに捕らわれてしまった。魔法博士は2人の前で、明智小五郎と小林少年を盗み出してみせると豪語する。

『黄金豹』

(初出:『少年クラブ』昭和31年1月号)

都内各所に金色に輝く「まほろしの豹」が現れた。黄金豹は銀座の宝石店から宝石を口にくわえて姿を消し、さらに少年探偵団副団長・園田武夫の家にある純金製の豹の彫刻を狙う。

『天空の魔人』

(初出:『少年クラブ』昭和31年1月増刊)

井上一郎、野呂一平とともに長野の温泉に旅行に行った小林少年。現地では謎の消失事件が続発していて、ついには走行中の貨車から途中の一輌だけが消えるという怪事件が勃発する。

『妖人ゴング』

(初出:『少年』昭和32年1月号)

銀座のビルに、渋谷の上空に巨大な悪魔の顔が現れた。そして、悪魔の顔は世田谷の花崎検事の邸宅にも現れ、宣戦布告をする。明智小五郎の助手で少女探偵の花崎マユミが初登場。

『サーカスの怪人』

(初出:『少年クラブ』昭和32年1月号)

グランド・サーカスに奇怪な骸骨男が出没。骸骨男は団長の笠原が息子の正一を殺すと予言する。はたして骸骨男の目的はなにか？　本作で怪人二十面相の過去と本名が明らかにされる。

『魔法人形』

(初出:『少女クラブ』昭和32年1月号)

小学六年生の甲野ルミは老腹話術師の家で、永遠の美のために人形になるという紅子という少女と出会った。やがて甲野家にルミそっくりの人形が送られ、身代金要求の電話がかかる。

『まほうやしき』

(初出:『たのしい三年生』昭和32年1月号)

野呂一平と井上一郎、その妹のルミの3人は、ちんどん屋に誘われて森のなかの西洋館に入ってしまった。すると西洋の悪魔の姿をした男が現れ、さまざまな不思議を見せる。

『赤いカブトムシ』

(初出:『たのしい三年生』昭和32年4月号)

西洋の悪魔風の怪人が姿を消した洋館から少女の叫び声が聞こえた。翌日、小林少年は調査に赴くが、そこで『黄金の虎』に登場した魔法博士から、ふたたび知恵比べを挑まれる。

『夜光人間』

(初出:『少年』昭和33年1月号)

全身が銀色に光り、赤く光る眼と裂けた口を持つ夜光人間が都内各地に出没。怪人は杉本家の家宝である推古仏を狙った。小林少年が警護につくも、密室から盗まれてしまい……。

『奇面城の秘密』

(初出:『少年クラブ』昭和33年新年特大号)

一度は捕えられた怪人四十面相だったが、隙を見て脱出し、山中の隠れ家の奇面城へと向かう。しかし、四十面相のトランクの中には、チンピラ別働隊のポケット小僧が忍び込んでいた。

『塔上の奇術師』

(初出:『少女クラブ』昭和33年1月号)

花崎マユミが友人の渋谷スミ子と森下トシ子と連れ立って時計屋敷を見に行くと、屋根の上に怪しい蝙蝠男の姿があった。数日後、スミ子の家に家宝の宝石細工を戴くという電話が入る。

『鉄人Q』

(初出:『小学四年生』昭和33年4月号)

少年探偵団の北見菊雄は謎の発明家が作ったというロボット・鉄人Qと出会った。だが、鉄人Qは暴走し、5歳の少女・村田ミドリを誘拐する。さらに、宝石や現金を強奪して逃走する。

『ふしぎな人』

(初出:『たのしい二年生』昭和33年8月号)

木村たけしときみ子の兄妹は近所の洋館に住む男の家で不思議な体験をする。だが、男の正体は怪人四十面相だった……。連載途中でタイトルが『名たんていと二十めんそう』に変更。

『仮面の恐怖王』

(初出:『少年』昭和34年新年号)

上野の蝋人形館で鉄仮面の人形が動き出すのを見た少年探偵団の井上一郎と野呂一平。その夜、鉄仮面は有馬家に現れて恐怖王を名乗ると、家宝の「星の王冠」を奪おうとする。

たのしい二年生『かいじん二十めんそう』

(初出:『たのしい二年生』昭和34年10月号)

小学校の校庭に空から無数の金色のお面が降ってきた。そのお面を被って下校していた石村たかしとミチ子の兄妹は、怪しい男から、黄金仮面という大泥棒が今に現れると告げられる。

たのしい一年生『かいじん二十めんそう』

(初出:『たのしい一年生』昭和34年11月号)

洋館の三階で少女がライオンに襲われているのを目撃したポケット小僧は警官を呼ぶが、館の主人は家には少女もライオンもいないという。だが、夜にポケット小僧が庭に忍び込むと……。

『電人M』

(初出:『少年』昭和35年新年号)

少年探偵団の中村、有田、長島の3人が望遠鏡で東京タワーを眺めていると、タコのような不気味な生物を発見した。やがて、小林少年のもとに電人Mを名乗る謎の相手から電話が入る。

『おれは二十面相だ!!』

(初出:『小学六年生』昭和35年4月号)

歴史学者の松村博士の研究所で、1人の学生が部屋に入ったきり姿を消すという事件が起きた。依頼を受けた明智小五郎の指示で小林少年が問題の部屋で一晩過ごしていると……。

『怪人と少年探偵』

(初出:『こども家の光』昭和35年9月号)

深夜のデパートでマネキン人形が動きだし、宝石を奪って逃走した。数日後、少女を誘拐した怪しい男を追っていた井上一郎とポケット小僧は逆に捕えられ、水攻めに遭ってしまう。

『妖星人R』

(初出:『少年』昭和36年新年号)

地球にR彗星が近づいていたある日、小学六年生の別所次郎は、彗星からやってきたというカニのようなR星人と遭遇した。R星人は日本の美術品を自分の星に持ち帰ると宣言する。

『超人ニコラ』

(初出:『少年』昭和37年1月号)

少年探偵団の玉村銀一は、身に覚えのない映画のなかに自分が映っているのを発見した。自分がもう1人いるのではという不安にかられた銀一の前に、不思議な科学者ニコラ博士が現れる。

中絶作

『空気男』
(初出:『写真報知』大正15年1月5日号)

北村五郎と柴野金十は耽異者として気の合う友人だった。やがて2人は探偵小説作家としてデビューするが、柴野は北村に健忘症を指摘され……。初出時の題は『二人の探偵小説家』。

『悪霊』
(初出:『新青年』昭和8年11月号)

小説家の「私」が手に入れた2冊の分厚い犯罪記録。それは手紙の束で、降霊術会を開いていた心霊学会で数年前に起きた血生臭い事件についての真相を語るものだった……。

合作・連作

◆『五階の窓』
(初出:『新青年』大正15年5月号)

◆『ラムール』
(初出:『騒人』昭和3年1月号)

◆『屍を』
(初出:『探偵趣味』昭和3年1月号)

◆『空中紳士』(原題:飛機瞰瞰)
(初出:『新青年』昭和3年2月号)

◆『江川蘭子』
(初出:『新青年』昭和5年9月号)

◆『殺人迷路』
(初出:『探偵クラブ』昭和7年10月)

◆『黒い虹』
(初出:『婦人公論』昭和9年1月号)

◆『畸形の天女』
(初出:『宝石』昭和28年10月号)

◆『女妖』
(初出:『探偵実話』昭和29年新春特別号)

◆『悪霊物語』
(初出:『講談倶楽部』昭和29年9月増刊号)

◆『大江戸怪物団』
(初出:『面白倶楽部』昭和30年8月増刊号)

◆『秘中の秘』
(初出:『面白倶楽部』昭和33年3月増刊号)

◆『魔王殺人事件』
(初出:『面白倶楽部』昭和33年6月増刊号)

……and more

乱歩の言葉で、今を読める理由

　江戸川乱歩はじつにふしぎな魅力のある小説家だ。まずたいていの読者は子供のときに『少年探偵団』を読んで熱中する。名探偵の明智先生と一緒に悪人と対決することが楽しいのだが、だんだん「悪」の側にいる人々へも関心が向いて行く。そして怪人二十面相のダンディズムが分かるようになったころ、乱歩が戦前に書いた奇怪な犯罪の物語にぶつかる。とても現実に起こり得ないような事件が、まるで「芸術」か「妄想」のように起こる世界と直面する。そして、そのような恐ろしい妄想を現実に起こせる人々が存在する世界が、平和な現実の裏にあることを、知らされる。

　これが大人になるということなのか、それとも少年のまま夢の中で生きることなのかは、どちらとも決められない。いや、乱歩はつねづね、「うつし世はゆめ、夜のゆめこそまこと」と言い続けた。そういう二重の心理が可能になったのは、昼の現実と夜の幻想を一抱えにした大都会という新しい世界が誕生したことと、大きな関係があった。

　乱歩が小説を書きだした時期は、日本は「モダン」の時代だった。モダンとは、単に新しい文明社会を指すのでなく、正義と邪

悪、醜と美、有産階級と無産階級が共存してゲームのように立場が変わる世の中をあらわす。どっちも楽園と地獄の両面を持つ。今の日本もまさにそうだ。コロナのことを考えれば、夢の都会が一瞬で現実の地獄に様変わりする意味も分かると思う。

　そうした文明社会で生きなければならない私達が、乱歩に熱中することは、むしろ自然だし、必要なことにちがいない。そこで本書は、乱歩が実際に書いた言葉と文章、つまり「乱歩語」を抜き出して、そのイメージを読みなおす「辞典」となる。この字引を使えば、乱歩の小説がもっとおもしろく読めるようにもなるはずだ。

荒俣 宏

底本・参考文献

底　　本

●「江戸川乱歩全集」江戸川乱歩、光文社

参考文献

●『江戸川乱歩傑作選』江戸川乱歩、新潮社
●『江戸川乱歩と13の宝石』ミステリー文学資料館編、光文社
●「江戸川乱歩文庫」江戸川乱歩、春陽堂書店
●「江戸川乱歩推理文庫」江戸川乱歩、講談社
●「江戸川乱歩作品集」江戸川乱歩、角川書店
●「乱歩傑作選シリーズ」江戸川乱歩、東京創元社

●『貼雑年譜 江戸川乱歩推理文庫 特別補巻』江戸川乱歩、講談社
●『少年探偵団読本』黄金髑髏の会、情報センター出版局
●『新潮日本文学アルバム41　江戸川乱歩』新潮社
●『新文芸読本 江戸川乱歩』河出書房新社
●『乱歩と東京』松山巌、筑摩書房
●『回想の江戸川乱歩』小林信彦、光文社
●『日本ミステリー事典』権田萬治・新保博久監修、新潮社
●『江戸川乱歩 映像読本』洋泉社ムック映画秘宝ex、洋泉社
●『江戸川乱歩の迷宮世界』洋泉社ムック、洋泉社

●『虚無への供物』中井英夫、講談社

●『太陽』1994年6月号　特集 江戸川乱歩、平凡社
●『ユリイカ』2015年8月号　特集 江戸川乱歩、青土社

●『乱歩の世界』逢坂剛 編著者代表、江戸川乱歩展実行委員会
●「乱歩資料」名張市立図書館
●江戸川乱歩記念館案内紙

南無弥、阿陀仏、南、無、南無阿弥陀、陀、南

無阿弥陀、南、無、南阿陀、陀、無阿弥陀、南

弥仏、弥、南陀仏、無阿弥、南無阿陀仏、南

阿、南陀仏、南阿陀仏、陀、南仏、無阿弥仏、

阿陀仏、弥、無弥陀仏、阿陀、阿弥陀、阿陀

仏、陀、南無阿弥陀、阿、陀、南仏、南無、阿

陀、南無弥、南阿陀、南無陀、無阿弥陀、南

阿、南陀、南無弥陀、南阿陀、南陀、阿、南阿

陀、南無陀仏、無阿弥陀仏、陀、無阿弥陀、

阿陀仏、南阿、南無阿、南弥、南無弥陀、南

無陀仏、南弥仏、南無阿弥陀仏、無、仏、無

阿弥仏、南弥、南仏、阿陀仏、陀、南無弥仏、

南無仏、南無陀仏、南阿陀仏、南弥陀仏

南阿、南陀、南弥仏

著者　奈落一騎（ならく・いっき）

アプレ文筆業&非実用系事典編纂者。文学、宗教、哲学、歴史、美術、映画、音楽、プロレス、ギャンブルなどについて、さまざまな書籍、雑誌、ムック等で執筆。主な著書に『競馬語辞典』（誠文堂新光社）、近著に『門外漢の仏教』（海洋文化社）。主な共著に『架空世界の悪党図鑑』（講談社・「光クラブ」名義）。雑誌『ナショナルジオグラフィック 日本版』2015年9月号にて「宇宙の果てを見たい」を寄稿。また主宰するグループSKIT名義で、『日本人を震撼させた 未解決事件71』、『世界の見方が変わる「陰謀の事件史」』（いずれもPHP研究所）など、単行本、ムック多数。
乱歩作品のベスト3は、『芋虫』、『人間椅子』、『盲獣』。
裏ベスト3は、『闇に蠢く』、『猟奇の果』、『影男』。

監修　荒俣 宏（あらまた・ひろし）

小説家、エッセイスト、妖怪研究家、博物学者、翻訳家など幅広く活躍する。『帝都物語』（角川書店）の大ベストセラーのほか、『世界大博物図鑑』（平凡社）、『荒俣宏コレクション』（集英社）をはじめ、多数の著書、翻訳書、監修書がある。2016年には、立教大学江戸川乱歩記念大衆文化研究センターが主催するトークイベントにて「乱歩と『怪奇小説』の定着」を講演している。

企画・編集・構成	バーネット
イラスト	永井秀樹
写　真	藤井優美子
装丁・DTP	吉永昌生
校　正	鷗来堂
編集協力	田中美智子
	原佐知子
	伊藤美保

乱歩にまつわる言葉をイラストと豆知識で妖しく読み解く

江戸川乱歩語辞典

2020年8月13日　発　行　　　　　　　　NDC914
2020年10月10日　第2刷

著　者　奈落一騎
監　修　荒俣 宏
発行者　小川雄一
発行所　株式会社 誠文堂新光社
　　　　〒113-0033 東京都文京区本郷3-3-11
　　　　[編集]電話03-5800-3614
　　　　[販売]電話03-5800-5780
　　　　https://www.seibundo-shinkosha.net/

印刷・製本　図書印刷 株式会社